"全悦读"丛书

注音释义　名师点拨　精批详注

二十世纪外国散文精选

李乡状　主编　"全悦读"丛书编委会　编

形散神聚，意境深邃
隽永淡雅的文风，深入浅出的哲理

— 林非倾情作序推荐 —

陕西师范大学出版总社

图书代号　WX17N0774

图书在版编目(CIP)数据

二十世纪外国散文精选／"全悦读"丛书编委会编.—西安：陕西师范大学出版总社有限公司，2018.1(2023.12重印)
("全悦读"丛书／李乡状主编)
ISBN 978-7-5613-9326-0

Ⅰ.①二…　Ⅱ.①全…　Ⅲ.①散文集—国外—20世纪　Ⅳ.①I16

中国国家版本馆 CIP 数据核字(2023)第 226016 号

二十世纪外国散文精选
ERSHI SHIJI WAIGUO SANWEN JINGXUAN
"全悦读"丛书编委会　编

责任编辑／	杨　菊
责任校对／	韩娅洁
排版制作／	北京文贤阁图书有限公司
出版发行／	陕西师范大学出版总社
	(西安市长安南路 199 号　邮编 710062)
网　　址／	http://www.snupg.com
印　　刷／	陕西思维印务有限公司
开　　本／	720 mm×1020 mm　1/16
印　　张／	12
字　　数／	220 千
版　　次／	2018 年 1 月第 1 版
印　　次／	2023 年 12 月第 3 次印刷
书　　号／	ISBN 978-7-5613-9326-0
定　　价／	42.80 元

名人推荐

林非

林非，著名学者、散文家，中国社会科学院研究生院教授、博士、研究生导师，历任中国散文学会会长、中国鲁迅研究会会长。

著有《鲁迅前期思想发展史略》《现代六十九家散文札记》《中国现代散文史稿》《文学研究入门》《鲁迅和中国文化》《离别》等；迄今共出版30余部著作；主编《中国散文大词典》《中国当代散文大系》等。

名师编写团队

郑晓龙	首都师大附中语文特级教师
蔡　可	北京大学文学博士，首都师范大学教育学院副教授
李春颖	首都师范大学语文教学教研室主任
徐　震	中央戏剧学院文学博士，首都师范大学文学院副教授
杨　霞	中国人民大学文学博士，首都师范大学新闻传播学系图书出版方向负责人
张四海	北京大学文学博士，首都师范大学文学院讲师
陈　虹	上海中学教学处主任，语文特级教师
李乡状	吉林摄影出版社副编审
李文铮	洛阳市第二外国语学校语文特级教师
赵景瑞	北京东城区教育研究中心副主任，特级教师

序言 Preface

读到生命的最后一天（代序）

　　天下的书籍确实是谁也无法读完的，我准备充分利用自己的余生，再读一些能够启迪思想和陶冶情操的书。

　　这几年出版的书实在太多了，用迅速浏览的速度都看不过来，某些书籍受到了人们的冷落，某些书籍赢得了人们的喝彩，似乎都显得有些偶然。不过在这种偶然性的背后，最终都表现出了时代思潮的复杂趋向，而并不完全由这些书籍本身的质量和写作技巧所决定。

　　近几年来，我围绕启蒙主义和现代观念的问题写了一些论文，目的是想引起共鸣或争论，以后还愿意在思想和文化这方面继续做些研究，因此想围绕这样的研究和写作任务，读一些过去没有很好注意的书，以便增加新的知识，更好地开阔视野，从纵横这两个方面，认认真真地去思考一些问题。譬如像黄宗羲的《明夷待访录》，我曾读过多遍，向来都是惊讶和叹服于他的平等观念与民主思想。为什么300多年前的明清之际，在古老的专制王朝统治的躯壳中间，会萌生出如此符合于现代生活秩序的思想见解来呢？这是一个孤立和偶然的思想高峰，还是从当时资本主义萌芽和不断滋长的土壤中间，必然会产生出来的呢？

　　如果想一想徐渭、李贽、袁宏道、汤显祖和徐光启这些杰出的名字，又应该得到什么样的结论呢？而他们与莎士比亚、塞万提斯和伽利略，又几乎是在同一个时代出现的，这里究竟有多少属于历史与未来的必然性呢？我想再好好地研究一番，力图做出比较满意的回答来。

　　如果生活在今天的人们，都能够达到300多年前黄宗羲那样伟大思想家的境界，中国这一片辽阔的土地上，将会出现多少光辉灿烂的奇迹啊！可是为什么经过了300多年的漫长岁月，在今天生活里的绝大多数人，还远远没有达到他那样的思想境界呢？这难道不让人感到十分地丧气吗？

郁达夫说过："没有伟大的人物出现的民族，是世界上最可怜的生物之群；有了伟大的人物，而不知拥护、爱戴、崇仰的国家，是没有希望的奴隶之邦。"（《怀鲁迅》）这是说得很沉痛和感人的。

思考民族的前程、人类的未来，这很像听贝多芬的《第九交响曲》那样，常常会使自己激动不已，然而这就得广泛和深入地读书，否则是无法使自己的思考向前迈步，变得十分丰满和明朗起来的。我读了丘吉尔、戴高乐、阿登纳和赫鲁晓夫这些外国政治家写的回忆录，读了德热拉斯的《与斯大林的谈话》和《新阶级》，对于自己认识整个的当今世界，是起了很大作用的，我还想继续读一些这方面的书籍。

陶冶情操的音乐和美术论著，我已经读了不少，自然也得继续看下去。

我想读的书是无穷无尽的，只要还活着，我就会高高兴兴地读下去，自然在翻阅有些悲悼人类不幸命运的著作时，也会变得异常忧伤和痛苦，不过这是毫不可怕的，克服忧伤和痛苦的过程，不就是人生最大的欢乐吗？要想在社会中坚强地奋斗下去，就应该有这种心理上的充分准备。我会这样读下去的，读到生命的最后一天。

2016年12月21日

（有删节）

名师导航

作品速览

　　《二十世纪外国散文精选》由美国、日本、德国、俄罗斯等14个国家的37篇散文佳作集锦而成。"形散而神不散",这是对散文这一文体特色的最好概括,散文重在那一股神韵,那股神韵携带的或爱情或亲情或心情,都很好地通过行云流水的笔触传达给读者。

　　散文主题广泛,写民族认知的,如美国作家马丁·路德·金《我有一个梦想》;写自然风光的,如日本作家川端康成的《古都的风貌》。一篇散文,就是一段生活智慧的凝结;一篇散文,就是明净佛土下的尘埃;一篇散文,就是一滴露珠折射的川泽……

　　这本《二十世纪外国散文精选》汇集世界文学之林中最为璀璨的散文明珠,遴选了最为经典的37篇散文,让读者领略异域风情文化的同时掩卷沉思,仰望窗外的飞鸿,感悟一丝人世变迁……

认识作者

　　高尔基(1868—1936),苏联伟大作家,社会主义、现实主义文学奠基人,杰出的政治活动家。主要代表作有:短篇小说《马尔卡·楚德拉》(1895)、《契尔卡什》(1895),散文诗《海燕之歌》(1901)、

《母亲》（1906）剧本《敌人》（1906），及描述个人成长、奋斗的自传体小说三部曲《童年》《在人间》《我的大学》等。列宁称他为"无产阶级艺术最杰出的代表"。

川端康成（1899—1972），日本杰出小说家。1926年发表中篇小说《伊豆的舞女》，开始蜚声文坛。其主要作品有《伊豆的舞女》《古都》《雪国》《千只鹤》等。1968年，他的《雪国》《千只鹤》和《古都》三部小说，获得诺贝尔文学奖。

罗宾德拉纳持·泰戈尔（1861—1941），印度近代伟大诗人、作家和社会活动家。《戈拉》是描写当时印度社会的史诗级作品；抒情诗集《吉檀迦利》是他50岁生日的自选集，被誉为印度诗歌的瑰宝，因此获得1931年诺贝尔文学奖，成为第一位获得该项奖的东方作家。泰戈尔对印度的社会生活和文艺运动产生了重大影响。

马丁·路德·金（1929—1968），美国著名的民权运动领袖。1963年，马丁·路德·金进见了肯尼迪总统，要求通过新的民权法，给黑人以平等的权利。同年8月28日在林肯纪念堂前发表《我有一个梦想》的演说。1964年度诺贝尔和平奖获得者。1968年4月，马丁·路德·金前往孟菲斯市领导工人罢工被人刺杀，时年39岁。1986年起美国政府将每年1月的第三个星期一定为马丁·路德·金全国纪念日。

威廉·福克纳（1897—1962），美国小说家、诗人和剧作家，为美国文学史上最具影响力的作家之一，意识流文学的代表人物。主要作品有《喧哗和骚动》《我弥留之际》《押沙龙，押沙龙》。于1949年，因"对当代美国小说做出了强有力和艺术上无与伦比的贡献"，获得诺贝尔文学奖。

创作背景

　　《鹰之歌》写于1895年，是高尔基早期的一篇散文诗。它以生动的文笔塑造了追求自由、渴望战斗的鹰和安于现状、苟且偷生的蛇两个艺术形象，并从对前者的赞颂和对后者的批判中给人以革命的启迪。

　　《古都的风貌》的作者川端康成受佛教影响颇深，对风貌的描写带有消极悲观色彩，表达对人生失意的无奈，这篇文章就是作者在游览古都后的直观感受。

　　《孟加拉风光》是泰戈尔对印度生活的思考，通过眼观吉普赛人生活和孟加拉各处的风光，寻找生存得更好的哲理。

　　《我有一个梦想》是马丁·路德·金于1963年8月28日在林肯纪念堂前发表的演说。文章慷慨激昂，催人奋进，表达了作者让世界的黑人获得公平、正义的梦想。

　　《日本素描》是作者福克纳在游览日本后，难忘其风光，用文字怀念这种美而写下的。一幅日本风情的素描，艺妓的发髻、稻田、和服、忠诚等，都是日本留给作者的独特印记。

CONTENTS 目录

（一）俄罗斯
火　光 / 1
秋 / 3
鹰之歌 / 10
瞬　间 / 16

（二）墨西哥
大自然的颂歌 / 20

（三）日　本
听　泉 / 25
富士的黎明 / 28
自然与人生（节选）/ 30
牵牛花 / 34
古都的风貌 / 37
蒲公英 / 42

（四）印　度
孟加拉风光（节选）/ 46

（五）黎巴嫩
沙与沫 / 53

（六）西班牙
烧炭人 / 57
移　民 / 60
老鹰和牧羊人 / 65

（七）保加利亚
赤脚的孩子 / 70

（八）美　国
中国之美 / 74

我有一个梦想 / 85
日本素描 / 90
威廉·福克纳 / 95
大学生活 / 103
假如给我三天光明 / 108

（九）埃　及
尼亚加拉瀑布 / 121

（十）德　国
童年杂忆（节选）/ 126
懒惰哲学趣话 / 130

（十一）瑞　典
父亲与我 / 135

（十二）法　国
沙　漠 / 142
音　乐 / 145
塞纳河畔的早晨 / 147
塔希提岛的风景：
　法托纳的瀑布 / 148

（十三）英　国
远处的青山 / 152
热血、辛劳、眼泪和汗水 / 156
射　象 / 158
林　鸟 / 166
勒奇山谷之行 / 170

（十四）波　兰
草　莓 / 175

（一）俄罗斯

名师导读

在历史坐标上搜寻俄罗斯散文，我们发现其传统十分悠久，但是，令人惊奇的是，在几百年的嬗变过程中，俄罗斯散文始终保持了其绵延不绝的一贯气质。俄罗斯散文是这样一个具有包容性的存在：无论作者身份如何、年龄如何，时代相隔多久，风格差异多大，它们共同展现了俄罗斯的气质、俄罗斯的灵魂、俄罗斯的语言、俄罗斯的性格。俄罗斯散文"如同光学玻璃凸面上反映出的风景画"，纯净、清澈而优美。

火 光

〔俄〕柯罗连科

柯罗连科（1853—1921）是俄国现实主义作家，社会活动家。出生于一个贵族家庭，自幼目睹乌克兰人民的苦难生活，对其深表同情，在中学时接受进步思想。1876至1885年间，因从事革命活动连续四次被流放，开始文学创作，他的写作风格深受屠格涅夫的影响。流放生活使他加深了对社会的认识，此后，其作品多以下层不幸者为主人公。其代表作有《马尔卡的梦》（1883）、《库页岛上的人》（1885）、《盲音乐家》（1886）、《火光》（1901）等长短篇小说、散文。他的创作中充满着社会政治的主题，洋溢着爱国主义和人道主义思想。他继承了俄国民主主义文学的传统，被列宁称为"进步作家"。

很久以前，在一个漆黑的秋天的夜晚，我泛舟在西伯利亚一条阴森森的河上。船到一个转弯处，只见前面黑魆魆的山峰下面，一星火光蓦地一闪。

火光又明又亮，好像就在眼前……

"好啦，谢天谢地！"我高兴地说，"马上就到过夜的地方啦！"

船夫头朝身后的火光望了一眼，又不以为然地划起桨来。

"远着呢！"

我不相信他的话，因为火光冲破朦胧的夜色，明明在那儿闪烁。不过船夫是对的：事实上，火光的确还远着呢。

这些黑夜的火光的特点是：驱散黑暗，闪闪发亮，近在眼前，令人神往。乍一看，再划几下就到了……其实却还远着呢！

我们在漆黑如墨的河上又划了很久。一个个峡谷和悬崖，迎面驶来，又向后移去，仿佛消失在狂茫茫的远方，而火光却依然停在前头，闪闪发亮，令人神往，——依然是这么近，又依然是那么远……

现在，无论是这条被悬崖峭壁的阴影笼罩的漆黑的河流，还是那一星明亮的火光，都经常浮现在我脑际。在这以前和在这以后，曾有许多火光，似乎近在咫尺，不止使我一人心驰神往。可是生活之河却仍然在那阴森森的两岸之间流着，而火光也依旧非

名师释疑
黑魆（xū）魆：形容很黑的样子。

名师指津
火光让人怀有希望，令人神往，但从黑暗到火光的过程是很遥远、很艰辛的。

常遥远。因此，必须加劲划桨……

然而，火光啊……毕竟……毕竟就在前头！

（张铁夫、廖子高　译）

秋

〔俄〕伊·蒲宁

伊·蒲宁（1870—1953），俄国作家，出生于没落的贵族之家，曾当过校对员、统计员、图书管理员、报社记者。1887年开始发表文学作品。1901年发表诗集《落叶》，获普希金奖。1899年，他与高尔基相识，加入知识出版社工作，这对他民主主义观点的形成起到促进作用。1909年当选为科学院院士。1910年，蒲宁的创作开始转向广泛的社会题材。十月革命时他被迫流亡国外，侨居法国期间主要创作关于青年时代的抒情回忆录。1933年，蒲宁因为"继承俄国散文古典文学的传统，表现出精巧的艺术方法"获得诺贝尔文学奖。

名师指津

诺贝尔文学奖是诺贝尔奖的文学分类，颁给在文学方面创作出具有理想倾向的最佳作品的人。该奖由瑞典文学院颁发。

1

客厅里一瞬间安静了下来，她乘机站起身，同时朝我瞟了一眼。

"噢，我该告辞了。"她轻轻叹了口气说，我的心顿时为之一颤，我预感到某种巨大的欢乐已在等待我，我和她终将成就那桩秘事。

整个晚上，我寸步不离地守在她的左右；整个晚上，我都在她双眸中捕捉隐秘的闪光、心不在焉的神情，以及虽然只是隐隐约约流露出来，却比之前更强烈的温情。此刻她在讲"我该告辞了"的时候，那语气像是表示遗憾，可我却听出了弦外之音：她料定我会随她一起走。

"您也走吗？"她问道，可口气却几乎是肯定的。"这么说，您可以送我回去啰？"她随口加补说，可是已经有点情不自禁，竟回过头来朝我嫣然一笑。她的身姿绰约、柔美，她的手以一种轻盈而娴熟的动作提起黑色的长裙。她刚才那个微笑，她的如花初放般优美的脸，她的乌黑的明眸和秀发，甚至她颈项上那条细巧的珍珠项链，以及那对钻石耳坠的闪光，都流露出一个初次坠入情网的少女的羞涩。当人们纷纷请她转达对她丈夫的问候，以及后来在走廊上替她穿大衣的时候，我一直提心吊胆，唯恐有什么人要和我们同行。

但我过虑了，没有人来干扰我们。我们走到门口，门打了开来，一道灯光迅即投到黑洞洞的院子里，随即门又轻轻地关上。我激动得浑身打战，但我竭力加以克制，只觉得遍体上下飘飘然的，我挽住她的手臂，殷勤备至地扶她步下台阶。

"您看得见吗？"她一边注视着脚下，一边问道。

她的声音里又一次透露出那种给我以鼓励的柔情蜜意。

我踩着水洼和满地的落叶，搀扶着她摸黑穿过院子，两旁是光秃秃的相思树和盐肤树，它们好似海轮上的缆索，被十一月的南方之夜的湿润的劲风，吹得发出呜呜的喧声。

在栅栏形的院门外，停着一辆马车，车灯燃得亮亮的。我瞥了一眼她的脸。她没有回看我，伸出一双纤小的、由于戴着手套而显得狭长的手，抓住院门的铁杆，没等我上去帮她，就把门朝里拉开了一半，快步走到马车跟前，坐了进去，我也同样迅速地上车，在她身旁坐了下来……

名师释疑

情不自禁：感情激动得不能控制。强调完全被某种感情所支配。禁，抑制。

名师指津

外貌和神态描写，刻画出少女的风姿妍丽；动作描写展现出少女的优雅婀娜。作者通过细致而生动的描写透露出少女坠入情网时的千娇百媚、柔情似水。

(一)俄罗斯

2

　　我们俩很久说不出一句话。近一个月来，我们魂牵梦萦的那件事，现在已无须用语言来表达，我们之所以一声不吱，只不过是因为这事已不言而喻，说出来反倒显得突兀、生疏了。我把她的一只手按到我唇上，顿时激动得难以自持，便赶紧掉过头去，目不转睛地遥望着朝我们迎面奔来的街道昏暗的尽头。我对她还存有戒心，而她呢，在我问她冷不冷的时候，只是翕动着嘴唇，乏乏地笑了笑，没有力气回答，于是我明白了，她也对我存有戒心，我握住了她的手，她感激地紧紧回握着。

　　南风把街心花园中的树木吹得萧瑟作响，把十字路口疏疏落落几盏煤气灯的火焰吹得摇曳不定，把早已打烊了的商店门上的招牌吹得叽叽嘎嘎闹个不停。偶尔可以看到一个路人猫着腰向某家小酒店走去。在小酒店那盏摇摇晃晃的大门灯的灯光下，路人和他那飘忽不定的影子变得越来越大，但转眼间路灯就落在我们后面去了，于是街上又空无一人，只有湿润的风柔和地、不停地吹拂着我们的脸。泥水在车轮下四散迸溅，她似乎在饶有兴味地观赏着这些水珠。我不时朝她垂下的睫毛和帽子下边那垂倒着的头部的侧影瞥去，感觉到她整个人正紧紧地依傍着我，以致都可以闻到她发丝上的幽香。这时，岂但这幽香，连围在她颈项上的那张光滑柔软的貂皮也使我心荡神驰……

　　后来，我们的马车拐到一条空无一人的宽阔马路上，这条马路似乎长得没有尽头，两旁林立着犹太人开的古老的店铺和菜场。突然，马路在我们身下中断了。马车朝另一条街拐去，冷不防颠晃了一下，她的身子朝前一冲，我连忙把她抱住。有好一会儿，她直视着前方，后来，朝我掉过头来。我们脸对着脸，原先她双

名师释疑

翕（xī）：闭合，收拢。

心荡神驰：是指心神飘荡，不能控制自己。

名师指津

环境描写既交代了当时的自然状况，又渲染了一种柔和、暧昧的气氛。烘托出人物之间渴望倾诉衷肠但又羞于言说的矛盾心理。

> **名师释疑**
>
> 荡然无存：形容东西完全失去，一点没有留下。

眸中的畏惧和犹疑已荡然无存，只有她那神情紧张的微笑透露出一丝羞涩。此情此景，使我忘乎所以，我把嘴紧紧地贴到了她的双唇上……

3

道旁架电报线的高耸的电线木杆接二连三地在夜色中闪过，最后连电线木杆也消失了，它们在半路上拐到一边，就此不见影踪。城里的天空虽说是黑沉沉的，但在那里毕竟还是可以把天空和灯光昏暗的街道区别开来，可是在这里，天地已浑然连成一体，周遭无处不是萧瑟的秋风和茫茫的黑暗。我回头望去，城市的灯火也消失了，仿佛沉入了漆黑的海洋之中，而在前方，闪烁着一星昏黄如豆的灯火，显得那么孤独，那么遥远，似乎是在天涯之外。其实这是摩尔达维亚人在大路旁开了多年的一家酒店的灯光。劲风从大路那边刮来，在干枯了的玉米秆中乱窜，慌慌张张地发出簌簌的声响。

"我们这是去哪儿？"她问道，尽力使声音抖得不要太厉害。

然而她的眼睛却灼灼放光。我俯下身去望着她，尽管夜色正浓，却能清楚地看到她的眼睛，看到她古怪而同时又是深感幸福的眼神。

风在玉米田中乱窜，慌慌张张地一边奔跑，一边簌簌地响着。马顶着风奔驰着。我们拐过一个弯后，风立刻起了变化，变得更加潮湿，更加料峭，更加惶惶然地在我们周围舞旋。

我深深地吸了一口风，一心盼望这天夜里一切黑暗、盲目、不可理解的东西变得更加不可理解，更加大胆。在城里时，觉得这天夜晚不过是个平平常常的阴霾起风的夜罢了，可是到了旷野里却发现全然不是这么回事。在这里沉沉的夜色中和呼呼的劲风

> **名师指津**
>
> 使用拟人修辞生动形象地描摹出大风猛烈狰狞、强劲有力的特点，并且与下文的"风在玉米田中乱窜，慌慌张张地一边奔跑，一边簌簌地响着。"前后呼应，使文章的结构严谨、紧凑，起到了强调的作用。

中，存在着某种拥有巨大威力的庄严的东西。果然，我们终于透过荒草簌簌的声响，听到了一种稳重、单调、雄壮的喧声。

"是海？"她问。

"是海，"我说，"这儿已经是最后几幢别墅了。"

此刻我们已经习惯于微微泛白的夜色，看到在我们左边有几座别墅的花园，迤逦而行，直抵海边，园中耸立着一排排高大、阴郁的白杨。辚辚的车轮声和马蹄踩在泥浆里的嘚嘚声被花园的围墙挡了回来，于一刹那间显得分外清晰，但是转眼就被迎面奔来的白杨林中的风声和海浪声淹没了。车旁掠过几幢门窗钉死的房子，在夜色中泛出朦朦胧胧的惨白的颜色，活像是一幢幢死屋……后来，白杨林渐渐稀疏了，突然，从白杨林的空隙中袭来一股股潮气，这是从辽阔的海上吹到陆地上来的风，看来，这就是海洋清新的呼吸。

马站停了。

就在这一瞬间，传来平稳、庄重而又幽怨的涛声，从中可以感到海水沉重的分量。别墅的花园虽已沉入梦乡，但睡得并不安稳，树木在其中纷乱地喧闹着，而且越闹越凶。我俩踏着落叶和水洼，沿着一条林荫陡坡，快步登上了峭壁。

4

大海在峭壁下隆隆轰鸣，压倒了这个骚动不安、睡意蒙眬的夜的一切喧声。寥廓的、茫无涯际的大海卧在峭壁下面很深的地方，透过夜暗，可以看到远远有一线白乎乎的浪花朝陆地涌来。围墙后边的花园像个阴森森的孤岛，鹄立在陡峭的海岸上，满园的老杨树纷扰地喧闹着，令人毛骨悚然。显而易见，暮秋的深夜此刻正主宰着这片荒无人烟的地方，无论是古老的大花园，无论

名师释疑

迤逦（yǐlǐ）：曲折连绵。

毛骨悚然：汗毛竖起，脊梁骨发冷。形容十分恐惧。

名师指津

"睡""喧闹"这两个动词赋予花园、树木以人的行为特点，树木在海风的吹拂下被摇动得簌簌作响，使得别墅的花园无法享受夜的宁静。自然景物的描写是为了更好地烘托人物活动的背景和心境。

名师释疑

触目惊心：看到某种严重的情况引起内心的震动。

餍足：满足的意思。

名师指津

使用夸张修辞将海浪拍打岸边的响声贴切地描写出来，并使用比喻修辞将溅起的水花比作雪，生动而细腻地写出了海浪之猛烈，海水之清澈。通过描写大海的狂狷之势衬托人物内心的感情风暴，情景完美地交融在一起，表现了人物情感的变化发展过程，真实感人。

是过冬时门窗钉死的别墅，还是围墙四角无门无窗的凉亭，都给人以触目惊心的荒芜之感。唯独大海以无坚不摧的胜利者的气派，从容不迫地隆隆轰鸣着，使人觉得它蕴藏着无穷的创造力，因此显得越来越庄严、雄伟。我俩久久地伫立在峭壁上，湿润的风吹拂着我们的脚，我们尽情地呼吸着随风拂来的清新的空气，怎么也不知餍足。后来，我们顺着又潮又滑的泥径和残存的木梯，走下悬岩，朝闪烁着浪花的海边走去。刚走到砾石地上，一个浪头就朝岩石打来，水珠四散迸溅，我们赶紧躲到一边。黑压压的白杨高高地挺立着，呼呼地喧嚣着，而在他们脚下，大海贪婪、疯狂地拍打着海岸，仿佛在和白杨呼应。高高的海浪朝我们扑来，响得犹如开炮一样，倾泻到岸上，水流旋转着，形成一道道亮闪闪的瀑布，并溅出像雪一般洁白的水花，同时冲击着沙子和岩石，然后退回海里，卷走了绞成一团的水草、淤泥和砾石；随波而去的砾石一路上发出咔嚓咔嚓的声响。空气中弥漫着凉丝丝的细小的水珠，周遭的一切散发出大海那种不受羁绊的清新的气息。黑沉沉的空中吐出了鱼肚白，渐渐地已能看清远方的海面。

"只有我们俩了！"她说道，合上了眼帘。

5

只有我们俩。我吻着她的双唇，陶醉于她嘴唇的温柔和湿润，吻着她合上眼帘、笑盈盈地伸过来的双眸，吻着她被海风吹得凉丝丝的脸，当她在一块石头上坐下来时，我跪倒在她面前，欢乐得浑身瘫软。

"那么明天呢？"她在我头上说。

我昂起头，仰望着她的脸。在我身后，大海在饥渴地咆哮，在我俩头上，高高的白杨在喧闹……

（一）俄罗斯

"什么明天？"我反问她说，不可抑制的幸福使我热泪盈眶，连声音都发抖了。"什么明天？"

她久久地沉默着，没有回答我的问话，后来伸给我一只手。我脱去她的手套，连连地吻着她的手，吻着她的手套，嗅着那上边女性隐隐的幽香。

"是呀！"她慢吞吞地叹息说。我凑近她的脸，借着星光看到她的脸苍白而又幸福。"我还是姑娘的时候，无尽地遐想着幸福，但结果一切是那样的无聊和庸俗，以致今天这个晚上，这也许是我一生中唯一幸福的夜晚了，在我看来，不像是真实的，不像有罪的。明天我只消一想起这个夜晚就将心惊肉跳，不过此刻我已把一切置之度外……我爱你。"她温存地、悄声地沉思着说，像是在自言自语。

在我们头上的一朵朵乌云间，忽明忽暗地闪烁着几颗淡蓝色的星星，天空在渐渐地廓清，峭壁上的白杨益发显得黑了，而大海却越来越清楚地和远方的地平线分了开来。她是否胜过我过去曾经爱过的那些女子，我说不上，但至少在今晚她是无与伦比的。当我亲吻她膝上的裙子时，她含着泪水，痴痴地笑着，搂住了我的头。我怀着疯狂的喜悦望着她，在淡淡的星光下，她那苍白、幸福、慵倦的脸，在我看来是永生的。

1901年

（戴骢 译）

名师指津

这一部分语言描写可谓是情深意长，刻画了女主人公非常复杂的内心世界。这里既表现出遇到理想中恋人的喜悦和幸福，也有对幸福不可能长久的深深的担忧，更有为了哪怕是短暂的爱情而不顾一切的勇气，可见作者对人物内心世界的把握非常精准、到位。

名师释疑

廓清：澄清；肃清。

无与伦比：指事物非常完美，没有能够与它相比的同类的东西。

9

鹰 之 歌

〔苏联〕高尔基

高尔基（1868—1936），苏联伟大作家，社会主义、现实主义文学奠基人，杰出的政治活动家。他的早期作品杂存着现实主义和浪漫主义两种风格。主要代表作有：短篇小说《马尔卡·楚德拉》（1895）、《契尔卡什》（1895），散文诗《海燕之歌》（1901）、《母亲》（1906），剧本《敌人》（1906），及描述个人成长、奋斗的自传体小说三部曲《童年》《在人间》《我的大学》。列宁称他为"无产阶级艺术最杰出的代表"。

> 懒洋洋地在岸边叹气的大海在浴着淡青色月光的远方静静地睡着了。在那儿柔和的、银白色的海跟南方的蓝色天空融在一块儿，沉沉地睡去了，海面反映出羽毛形云片的透明的织锦，那些云片也是不动的，而且隐隐约约地露出来金色星星的光纹。天空仿佛越来越低地朝海面俯下来，它好像想听清楚那些不知道休息的波浪瞌睡昏昏地爬上岸的时候，喃喃地在讲些什么。

山上长满了给东北风吹折成奇形怪状的树木，这些山把它们峻峭的山峰高高地耸在它们头上那一片荒凉的蓝空中，在那儿它们的锋利、粗糙的轮廓给包裹在南方夜间的温暖、柔和的黑暗里，变成浑圆的了。

高山在严肃地沉思。它们把黑影投在带绿色的重重浪头上，紧紧地罩住了浪头，好像想制止波浪的这种唯一的动作，想静息水波的不绝的拍溅声和浪花的叹息，——这一切声音打破了四周神秘的静寂，在这四周除了这一片静寂以外，还弥漫着这个时候

名师指津
采用由上及下、由远及近的顺序对南方美丽的黄昏做了多层次的描写，这色彩浓重、富于象征意蕴的动人画面，不仅增强了散文诗的韵味，使这篇短文充满诗情画意，也奠定了全文的情感基调。

（一）俄罗斯

还隐在山峰后面的明月的淡青色的银光。

"阿—阿拉—阿赫—阿—阿克巴尔！……"纳迪尔-拉吉姆-奥格雷轻轻地叹口气说，他是克里米亚的老牧羊人，高个子白头发，皮肤给南方的太阳烤黑了，是一个聪明的干瘦老头子。

他和我两个躺在一块跟亲族的山隔断了的大岩石旁边的沙滩上，这块大岩石身上长满了青苔，现在给罩在阴影里，——这是一块忧愁的、阴郁的岩石。波浪把泥沙和海藻不断地投在岩石朝海的那一面，岩石上挂满了这些东西，就好像给拴在这个把海跟山隔开了的狭长沙滩上一样。我们营火的火光照亮了岩石朝山的这一面，火光在颤抖，影子在布满深的裂痕的古老岩石上面跑。

拉吉姆跟我正在用我们刚才捉到的鱼做汤；我们两个人都有这样的一种心境：好像什么东西都是透明的、有灵魂的、可以让人了解透彻的，而且我们的心非常纯洁，非常轻松，除了思索以外，就再没有任何的欲望了。

海亲热地拍着岸，波浪的声音是那样亲切，好像在要求我们准许它们在营火旁边取暖似的。偶尔在水声的大合音中间响起来一种更高、更顽皮的调子——这就是快爬到我们跟前来的一个胆子更大的波浪。

拉吉姆胸膛朝下的伏在沙滩上，头朝着海，两只胳膊肘支着身子，头搁在手掌心上，沉思地望着阴暗的远方。那顶毛茸茸的羊皮帽子已经滑到他的后脑袋上了，一阵凉风从海上吹来，吹到他那布满细皱纹的高高的前额上。他开始谈起哲理来，并不管我是不是在听，好像他在跟海讲话一样：

"忠诚地信奉上帝的人要进天国。可是不信奉上帝、不信奉先知的人怎样呢？也许他——就在这个浪花里面……说不定水上这些银色点子就是他……谁知道呢？"

名师指津

拟人手法，赋予海以人的特点，这个夜晚坐在篝火边听波浪声，一切都是那么宁静、美丽。

名师指津

月光是随意的，正如"我和拉吉姆"现在的心情是闲适自在的，"我们"不管月光，月光也不在乎"我们"是否欣赏它。

　　阴暗的、摇荡得厉害的海亮起来了，海面上这儿那儿出现了随便射下来的月光。月亮从毛耸耸的山峰后面出来了，现在慢悠悠地把它的光辉倾注在海上（海正轻轻叹着气起来迎接它），倾注在我们旁边的岩石上。

　　"拉吉姆！……讲个故事吧……"我向老头子央求道。

　　"为什么要讲？"拉吉姆问道，他并不掉过头来看我。

　　"是啊！我喜欢你的故事。"

　　"我已经把所有的故事全讲给你听了……我再也没有了……"他愿意我央求他讲，我就求他。

　　"你愿意听的话，我就给你讲个歌子吧！"拉吉姆同意了。

　　我愿意听他的古老的歌子，他极力保持歌子的独特的旋律，就用一种沉郁的吟诵调讲起来。

1

　　"黄颔蛇爬在高高的山上，它躺在潮湿的峡谷里，盘起身子，望着下面的海。

　　"太阳照在高高的天上，山把热气吹上天，山下海浪在拍打岩石……

　　"山泉穿过黑暗和喷雾的中间，沿着峡谷朝着海飞奔，一路上冲打石子，发出雷鸣的声音……

名师指津

"切"字强而有力，突出山泉的汹涌。

　　"山泉满身白色浪花，它又白又有劲，切开了山，带着怒吼地落进海里去。

　　"突然在蛇盘着的峡谷里，从天上落下来一只苍鹰，它胸口受伤，翅膀带血……

　　"鹰短短地叫一声，就摔到地上来，带着无可奈何的愤怒，拿胸膛去撞坚硬的岩石……

(一)俄罗斯

"蛇大吃一惊,连忙逃开了,可是它马上就知道这只鸟只能够活两三分钟。

"蛇爬到受伤的鸟跟前,对着鸟的耳朵发出咝咝的声音:

"'怎么,要死吗?'

"'对,我要死了。'鹰长叹一声,回答道。'我痛快地活过了!……我懂得幸福!……我也勇敢地战斗过!……我看见过天空……你绝不会离得那么近地看到天空!……唉,你这个可怜虫!'

"'哼,天空是什么东西?——一个空空的地方……我怎么能爬到那儿去呢?我这儿就很好……又暖和,又潮湿!'

"蛇这样回答爱自由的鸟,可是它却在心里暗笑鹰的这些梦话。

"它这样想着:'不论飞也好,爬也好,结局只有一个:大家都要躺在地里,大家都要变作尘土……'

"可是这只英勇的鹰突然抖了抖翅膀,稍微抬起身子,看了看峡谷。

"水从灰色岩石缝中渗出来,阴暗的峡谷里非常气闷,而且散布着腐朽的气味。

"鹰聚起全身的力气,悲哀地、痛苦地叫:

"'啊,只要我再升到天空去一次!……我要拿仇敌……来堵我胸膛的伤口……拿它来止我的血……啊!战斗的幸福!……'

"蛇在想:'它既然这样痛苦地呻吟,那么在天空生活一定非常愉快!……'

"它就给这只爱自由的鸟出主意:'你就爬到峡谷边儿上,跳下去。你的翅膀也许会托起你来,那么你还可以痛快地活一会儿。'

"鹰浑身发颤,骄傲地大叫一声,用爪子抓住岩山上的黏泥,

名师指津

受伤的鹰正在承受着痛苦的折磨,但它在濒临死亡之际仍然对战斗念念不忘。它满怀战斗的激情,渴望着再一次翱翔天空,重新投入到惨烈的战斗中去。语言描写揭示了鹰的战斗精神以及英雄品格。

名师释疑

呻吟:指人因痛苦而发出声音。

13

走到了悬崖的边缘。

"鹰到了那儿，就展开翅膀，深深吸了一口气，两只眼睛发光——滚下去了。

"它像石头一样在岩石上滚着滑下去，很快地就落到下面，翅膀折断，羽毛散失……

"山泉的激浪捉住它，洗去它身上的血迹，用浪花包着它，带它到海里去。

"海浪发出悲痛的吼声撞击岩石……在无边的海面上不见了鸟的尸首……

2

"黄颔蛇躺在峡谷里，好久都在想鸟的死亡和鸟对天空的热情。

"它一直望着远方，那个永远用幸福的梦想来安慰眼睛的远方。

"'这只死鹰，它在无底无边的虚空里看见了什么呢？为什么像它这一类的鸟临死还要拿它们那种对于在天空飞翔的热爱来折磨灵魂呢？它们在那儿明白了什么呢？其实我只要飞上天空去，哪怕一会儿也好，我就会全知道的。'

"它说了就做了。它把身子卷成一个圈，往空中一跳，它像一根细带子在日光里闪亮了一下。

"生成爬行的东西不会飞！……它忘记了这一层，跌在岩石上面了。可是它并没有死，反倒大声笑起来了……

"'原来这就是在天空飞翔的妙处！这也就是跌下去的妙处啊！……这些可笑的呆鸟！它们不懂得土地，在土地上感到不舒服，只想高高地飞上天空，生活在炎热的虚空里。那儿只有空虚。

名师指津
黄颔蛇经过一番失败的尝试后断然否定了鹰的执着信念，它对鹰的行为充满了不理解。黄颔蛇是一个务实主义者，它刚愎自用地认为自己赖以生存的土地就是它的全部，它对鹰的崇高的革命精神充满了怀疑，狭隘地认为鹰所追求的是精神世界的空虚。

（一）俄罗斯

那儿光多得很，可是没有吃的东西，也没有托住活的身体的东西。为什么要骄傲呢？为什么要责备呢？为什么拿骄傲来掩饰它们自己那种疯狂的欲望，拿责备掩饰它们自己对生活的毫无办法呢？可笑的呆鸟！……它们讲的话现在再也骗不到我了！我自己全明白了！我——看见过天空了……我飞到天上去过，我探测过天空，也知道跌下去是怎么一回事了，不过我并没有跌死，我只有更加相信我自己。让那些不能爱土地的东西就靠幻想活下去吧。我认识真理。我绝不相信它们的号召。我是从土地生出来的，我就依靠土地生活。'

"蛇扬扬得意地盘在石头上面。

"海面充满灿烂的阳光在闪烁，波浪凶猛地打击着海岸。

"在它们那种狮吼一样的啸声中响起了雷鸣似的赞美骄傲的鸟的歌声，海浪打得岩石发抖，庄严、可怕的歌声使得天空战栗：

"我们歌颂这种勇士的疯狂！

"勇士的疯狂就是人生的智慧！啊，勇敢的鹰啊！你在跟仇敌战斗中流了血……可是将来有一天——你那一点一滴的热血会像火花一样，在人生的黑暗中燃烧起来，在许多勇敢的心里燃起对自由、对光明的狂热的渴望！

> **名师指津**
> 通过对鹰追求自由的赞美，表达了作者对于自由的向往。

"你固然死了！……可是在勇敢、坚强的人的歌声中你永远是一个活的榜样，一个追求自由、追求光明的骄傲的号召！

"我们歌颂勇士的疯狂！……"

……远处乳白色的海面静下来了，海浪哼着唱歌的调子在拍打沙滩，我望着远处的海面不作声。水上，月光的银色点子越来越多了……我们的水壶轻轻地沸腾起来。

一个浪顽皮地跳上了岸，带着无礼的闹声朝拉吉姆的头爬过来。

> **名师指津**
> 乳白色的海面意指被月光照得白花花的海面，反射着银白色的光芒。

15

"你到哪儿去？……退回去！"拉吉姆朝着浪挥一下手，浪恭顺地退回海里去了。

我并不觉得拉吉姆把波浪当作人一样看待的举动可笑或者可怕，我们四周的一切都显得十分有生气、温柔、亲切。海非常平静，是一种带着威严的意味的平静，使人觉得海吹到山上（在那儿白天的炎热还没有退尽）去的新鲜气息中有许多强大的、含蓄的力量。深蓝色天空中，星星的金色花纹透露出来让人甜蜜地期待着某一种启示的、使灵魂迷醉的庄严的消息。

一切都在打瞌睡，不过这是一种紧张的、容易醒的瞌睡，好像在下一秒钟一切都会惊醒起来，共同发出一种异常好听的音调的极和谐的和音。这些音调会讲些关于世界的秘密的故事，会使人的智慧了解这些秘密，然后就像扑灭鬼火似的弄灭人的智慧，把灵魂高高地带到深蓝色的深渊里去，在那儿星星的闪烁的花纹会奏起启示的仙乐来迎接灵魂……

（巴金 译）

瞬　间

〔俄〕邦达列夫

邦达列夫（1924—），俄罗斯作家，出生于一个职员家庭。1949年首次发表作品，20世纪五六十年代着力以战争为题材，体现了"战壕真情"，有中篇小说《两个营请求炮火支援》和《最后的炮轰》；20世纪七八十年代侧重社会生活和人类命运的哲理思考和探索，有长篇小说《寂静》《热的雪》《岸》《选择》《演戏》，抒情散文《瞬间》。这些作品文笔优美，寓意深刻，对之后苏联文学的发展产生

名师指津

文章的末尾提到了闪烁的星星，赋予其以特定的象征色彩，这与前文相互呼应，情感的抒发又回到了起点，造成艺术结构上的环型效果，极具整体美；同时也导致祭悼之情迂回曲折，一唱三叹，极具感染力。

(一)俄罗斯

了深远的影响。

她紧紧依偎着他,说道:

"天啊,青春消逝得有多快!……我们可曾相爱还是从未有过爱情,这一切怎么能忘记呢?从咱俩初次相见至今有多少年了——是过了一小时,还是过了一辈子?"

灯熄了,窗外一片漆黑,大街上那低沉的嘈杂声正在渐渐地平静下来。闹钟在柔和的夜色中嘀嗒嘀嗒地响个不停,钟已上弦,闹钟拨到了早晨六点半(这些他都知道),一切依然如故。眼前的黑暗必将被明日晨曦所代替,跟平日一样,起床、洗脸、做操、吃早饭、上班工作……

突然,他有一种奇怪的感觉,似乎这脱离人的意识而日夜运转的时间车轮停止了转动,他仿佛飘飘忽忽地离开了家门,滑进了一个无底的深渊。那儿既无白昼,也无夜晚,既无黑暗,也无光亮,一切都无须记忆。他觉得自己已变成了一个失去躯体的影子,一个看不见、摸不着的隐身人,没有身长和外形,没有过去和现在、没有经历、欲望、夙愿、恐惧,也不知道自己已经活了多少年。

刹那间他的一生被浓缩了,结束了。

他不能追忆流逝的岁月、发生的往事、实现的愿望,不能回溯青春、爱情、生儿育女以及体魄健壮带来的欢乐(过去的日子突然烟消云散,无影无踪),他不能憧憬未来——一粒在浩瀚的宇宙中孤零零的、注定要消失在黑魆魆的空间的沙土,是否也有同样的感受呢?

然而,这毕竟不是一粒沙土的瞬间,而是一个上了年纪的人在他心衰力竭的刹那间的感觉。由于他领会到并体验了老年和孤

❀ 名师释疑 ❀

夙愿:意为一向怀着的愿望,平素的心愿。

名师释疑

油然而生：形容思想感情自然而然地产生。

名师指津

缘分是世间奇妙的情感，牵绕着人生的离合悲欢。朝夕相处的长久相伴，彼此都已融入对方的生命中。回首往事仿佛都是发生在前一秒，时间的流逝也似乎是一瞬间。

寂向他启开大门时的痛苦。一股难以忍受的怜悯之情油然而生，他怜悯自己，怜悯这个他深深爱恋的女人。

他们朝夕相处，分享人生的悲欢，没有她，他不可能设想自己将如何生活。他想到，妻子一向沉着稳重，居然也叹息光阴似箭，看来失去的一切不仅仅是与他一人有关。

他用冰冷的嘴唇亲吻了妻子，轻轻地说了一句："晚安，亲爱的。"

他闭眼躺着，轻声地呼吸着，他感到可怕。那通向暮年深渊的大门敞开的一瞬间，他想起了死亡来临的时刻——而他的失去对青春记忆的灵魂也就将无家可归，漂泊他乡。

（苏华　译）

名师赏析

俄罗斯散文向我们展示了俄罗斯的别样风情，氤氲泛白的天空中没有一朵云彩，茫茫雪野上没有一丝风，模糊不清的红日从并不太高的中天滚向并不遥远的西方，凛冽的严寒封住了大自然，压榨、鞭挞、刺灼一切生物。然而，人却善于同自然界调顺情感，和缓它的暴戾。俄罗斯散文名家抓住了生活中极常见的现象，揭示深刻的哲理，使人在黑暗中看到光明，在困难中增加勇气。

（一）俄罗斯

学习借鉴

好词

情不自禁　荡然无存　毛骨悚然　触目惊心　油然而生

好句

＊高高的海浪朝我们扑来，响得犹如开炮一样，倾泻到岸上，水流旋转着，形成一道道亮闪闪的瀑布，并溅出像雪一般洁白的水花，同时冲击着沙子和岩石，然后退回海里，卷走了绞成一团的水草、淤泥和砾石；随波而去的砾石一路上发出咔嚓咔嚓的声响。

＊在那儿柔和的、银白色的海跟南方的蓝色天空融在一块儿，沉沉地睡去了，海面反映出羽毛形云片的透明的织锦，那些云片也是不动的，而且隐隐约约地露出来金色星星的花纹。

＊那儿既无白昼，也无夜晚，既无黑暗，也无光亮，一切都无须记忆。

思考与练习

《火光》一文中，黑夜的火光具有怎样的特点？引发了作者哪些思考？

（二）墨西哥

名师导读

墨西哥代表散文中，作者借助想象与联想，由此及彼，由浅入深，由实而虚依次写来，融情于景、寄情于事、寓情于物、托物言志，表达作者的真情实感，实现物我统一，展现出更深远的思想，使读者领会出更深的道理。让我们跟随以下文章，一起感受墨西哥散文的魅力吧！

大自然的颂歌

〔墨西哥〕奥克塔维奥·帕斯

奥克塔维奥·帕斯（1914—1998），墨西哥诗人、散文家，生于墨西哥城。1931年开始文学创作，曾与人合办《栏杆》杂志。两年后，又创办了《墨西哥谷地手册》。1945年开始外交工作，先后在法国、瑞士、日本、印度使馆任职。1953—1959年回国，此后致力于文学创作、学术研究和讲学活动。主要著作有《太阳石》（1957）、《东山坡》（1969）、《人在他的世纪中》（1984）、《伟大的日

（二）墨西哥

子的简记》（1990）。在《翻译与消遣》（1973）中，他翻译了中国唐宋一些诗人的作品。帕斯的诗歌与散文具有融合欧美、贯通东西、博采众长的特点。1963年曾获比利时国际诗歌大奖，1981年获西班牙塞万提斯文学奖，1990年由于"作品充满激情，视野开阔，渗透着感悟的智慧并体现了完美的人道主义"，他获得了诺贝尔文学奖。

　　瓦蓝色的颜料描绘出一幅宽大的天幕，水和彩泼洒，深沉的天空在火光下清澈明朗。疯狂的羽毛，欢乐的枝杈，耀眼的光彩，当机立断，线条总是那样正确地落在纸上。绿色孕育希望，它要把那寒冷闪光的呼唤仔细咀嚼，再献给人间。灰色，深灰、浅灰、铅灰、铁灰，各种各样的灰色，无情的灰色，在大刀前让路，在号角声中躲闪。噢，还有艳红的玫瑰，明亮的火光。在那斜上方，现出一幅燃烧的几何图案。那是脊椎，那是立柱，那是水银，在火中，在荒野里安然无恙。

　　一端，一弯新月在燃烧。它已经不是珠宝，而是一颗在它自己心中那轮太阳照耀下长成的果子。那弯新月在发光，它是孕育万物的子宫，保护我们每个人的殿堂。一只玫瑰色的海螺，孤零零地在海滩上歌唱，一只夜鹰在飞翔。下方，在独自弹唱的吉他旁，岩石像一把玻璃匕首，蜂鸟展开翅膀，时钟不知疲倦地啃咬自己的五脏六腑，在这些刚刚诞生的东西和那些一开始就放在桌面上的东西旁边，还放着一块西瓜，炽热的曼密果，一条火光。那块西瓜就是一弯新月，一弯在女人眼睛那轮太阳照耀下生成的新月。

　　在距水果月亮和太阳水果同样远的地方，在那有限的画面上和平相处的两大对立世界中央，我们隐约望见了自己的缩影。吃

❀ 名师释疑 ❀
安然无恙：原指人平安没有疾病，后泛指平平安安没有受到任何损伤。

名师指津
在作者多思善感的笔触下，那弯明亮的新月仿佛是在燃烧。它投放光亮，见证人世间的种种美妙情思，它孕育并保护着每一个人。这凄美的月光是大自然的馈赠，大自然的伟大之处在于它无时无刻不让人震撼，震撼于它的美妙，它的神奇，它的广大，还有它的千变万化。

人野兽青面獠牙，诗人睁开眼睛，女人把它闭上。这就是一切。

二

　　心情沉痛的骑手们登上山冈。奔驰的马蹄留下群星样的脚印。大地扬起一阵黑尘。地球向另外一个星系飞去。生命的最后一刻竖起自己的红冠。火焰在墙间呼啸，回声传遍四面八方。疯子劈开宇宙，向他自己的体内跳去。他顷刻间失去了踪影，被自我吞咽。野兽啃咬着太阳的遗骨、星辰的尸体和奥萨卡集市的余物。两只老鹰在苍天上啄食一颗亮星。那颗有生命的星带着两串眼睛垂直滑下。在这种能逃者逃之的战乱时刻，情人们奔到令人眩晕的阳台上。幸福的麦穗在一块火热的土地上摇晃，轻轻地升向天空。那爱是一块磁铁，整个世界吊挂在它身上。那吻调节海潮，举起音乐的闸门。在爱和吻的温暖脚下，万物苏醒，冲破硬壳，展开双翅，自由飞翔。

三

　　你看，在沉睡的万物中，在寻找自己翅膀、自己重量、自己另一种形态的各种各样形态的物质里，站在你面前的不是舞蹈皇后吗？还有红蚂蚁的女王，音乐公主，玻璃山洞里的女性居士，睡在一颗泪珠旁的妙龄女郎。宁静也是一曲舞蹈，它起身轻盈跳跃。它在自己的脐部汇聚了万方之光。男人都把目光投向它，它是天平，平衡着希望和成功，它是菜盘，为我们盛着助眠剂和催醒糖浆。它是固有的思想，额头上永存的纹沟，永恒的星座。它是一朵硕大的鲜花，在死人的胸口上和活人的梦境中生长，既没有活着，也没有死亡。这朵鲜花每天早晨悄悄地睁开眼睛，毫无怨言地望着采摘它的花匠。它的血沿着折断的枝条缓缓而上，升

名师指津
以短句为主，具有散文诗的优雅，读来天马行空，给人以无限遐想。

名师指津
将爱比作一块磁铁，比喻精彩而贴切，巧妙地点出爱是极其具有吸引力的特点。形象化的语言将人类的普遍情感描写得诗意盎然，充满美感。

(二) 墨西哥

到浩瀚的天空，那是一把火炬，在墨西哥废墟上静静地燃烧发光。那是大树一样的喷水池，那是火的长虹，那是架在活人与死者之间的血液桥梁：生长，永不间断地生长。

（李德明 译）

名师赏析

从这篇很具有代表性的散文中可以看出，墨西哥散文取材十分广泛自由，不受时间和空间的限制，表现手法也不拘一格，可以叙述事件的发展，可以描写人物形象，可以托物抒情，可以发表议论，而且作者可以根据内容需要自由调整、随意变化。"神不散"主要是从散文的立意方面说的，即散文所要表达的主题必须明确而集中，无论散文的内容多么广泛，表现手法多么灵活，无不是为更好的表达主题服务。

学习借鉴

好词

安然无恙 万物苏醒 展开双翅 自由飞翔

好句

*宁静也是一曲舞蹈，它起身轻盈跳跃。它在自己的脐部汇聚了万方之光。

*男人都把目光投向它,它是天平,平衡着希望和成功,它是药盘,为我们盛着助眠剂和催醒糖浆。它是固有的思想,额头上永存的纹沟,永恒的星座。

*它是一朵硕大的鲜花,在死人的胸口上和活人的梦境中生长,既没有活着,也没有死亡。这朵鲜花每天早晨悄悄地睁开眼睛,毫无怨言地望着采摘它的花匠。

*它的血沿着折断的枝条缓缓而上,升到浩瀚的天空,那是一把火炬,在墨西哥废墟上静静地燃烧发光。那是大树一样的喷水池,那是火的长虹,那是架在活人与死者之间的血液桥梁:生长,永不间断地生长。

思考与练习

1. 文章中的"它"指什么?
2. 文章中为何说"男人都把目光投向它"?
3. 为什么说"它已经不是珠宝"?

（三）日 本

名师导读

　　所谓凝练，是说散文的语言简洁质朴，自然流畅，寥寥数语就可以描绘出生动的形象，勾勒出动人的场景，显示出深远的意境。散文力求写景如在眼前，写情沁人心脾。日本散文的语言清新明丽，生动活泼，富于音乐感，行文如涓涓流水，叮咚有声，如娓娓而谈，情真意切。让我们带着期待，一起欣赏日本散文吧！

听　泉

〔日〕东山魁夷

　　东山魁夷（1908—1999），日本当代著名画家和散文家。他生于神奈川县横滨市，父亲是个船具商。他从小爱看书，喜欢独自坐在小屋里画画或空想。小学三年级时，在所写的郊游的作文上，别出心裁地加了风景画。从中学三年级起，对文学产生了极大的兴趣，广泛阅读诗歌、小说，并与志趣相投的同学创办了小报《鬼蓟》。1943年4月，东山曾来到中国，游览了北京、沈阳、承德等城市，回国举办了中国大陆写生展览。东山魁夷虽是日本画界的中心人物，但仍经常写些散文，他的散文也和他的风景画一样，具有飘逸淡雅的风格和恬静幽美的意境。

鸟儿飞过旷野。一批又一批，成群的鸟儿接连不断地飞了过去。

有时四五只联翩飞翔，有时候排成一字长蛇阵。看，多么壮阔的鸟群啊！……

鸟儿鸣叫着，它们和睦相处，互相激励；有时又彼此憎恶，格斗，伤残。有的鸟儿因疾病、疲惫或衰老而失掉队伍。

今天，鸟群又飞过旷野。它们时而飞过碧绿的田野，看到小河在太阳照耀下流泻；时而飞过丛林，窥见鲜红的果实在树荫下闪烁。想从前，这样的地方有的是。可如今，到处都是望不到边的漠漠荒原。任凭大地改换了模样，鸟儿一刻也不停歇，昨天，今天，明天，它们继续打这里飞过。

不要认为鸟儿都是按照自己的意志飞翔的。它们为什么飞？它们飞向何方？谁也弄不清楚，就连那里领头的鸟也无从知晓。

为什么必须飞得这样快？为什么就不能慢一点儿呢？

鸟儿只觉得光阴在匆匆忙忙中逝去了。然而，它们不知道时间是无限的，永恒的，逝去的只是鸟儿自己。它们像着了迷似的那样剧烈，那样急速地振翮（hé）翱翔。它们没有想到，这会招来不幸，会使鸟儿更快地从这块土地上消失。

鸟儿依然呼啦啦拍击着翅膀，更急速，更剧烈地飞过去……

森林中有一泓清澈的泉水，发出叮叮咚咚的响声，悄然流淌。

名师释疑

憎恶（zēng）：憎恨；厌恶。

名师指津

鸟儿的快速飞翔或许给了我们一种时光太快的消逝感。

(三) 日 本

这里有鸟群休息的地方,尽管是短暂的,但对于飞越荒原的鸟群说来,这小憩何等珍贵!地球上的一切生物,都是这样,一天过去了,又去迎接明天的新生。

鸟儿在清泉边歇歇翅膀,养养精神,倾听泉水的絮语。鸣泉啊,你是否指点了鸟儿要去的方向?

泉水从地层深处涌出来,不间断地奔流着,从古到今,阅尽地面上一切生物的生死、荣枯。因此,泉水一定知道鸟儿应该飞去的方向。

鸟儿站在清澄的水边,让泉水映照着身影,它们想必看到了自己疲倦的模样,它们终于明白了鸟儿作为天之骄子的时代已经一去不复返了。

鸟儿想随处都能看到泉水,这是困难的。因为,它们只顾尽快飞翔。

不过,它们似乎有所觉悟,这样连续飞翔下去,到头来,鸟群本身就会泯灭的,但愿鸟儿尽早懂得这个道理。

我也是鸟群中的一只,所有的人们都是在荒凉的不毛之地上飞翔不息的鸟儿。

人人心中都有一股泉水,日常的烦乱生活,遮蔽了它的声音。当你夜半突然醒来,你会从心灵的深处,听到悠然的鸣声,那正是潺潺的泉水啊!

回想走过的道路,多少次在旷野上迷失了方向。每逢这个时候,当我听到心灵深处的鸣泉,我就重新找到了前进的标志。

泉水常常问我:你对别人,对自己,是诚实的吗?我总是深感内疚,答不出话来,只好默默低着头。

我从事绘画,是出自内心的祈望:我想诚实地生活。心灵的泉水告诫我:要谦虚,要朴素,要舍弃清高和偏执。

◆ 名师释疑 ◆

憩(qì):休息。

泯灭:(形迹、印象等)消灭。

名师指津

"我"通过找寻鸟儿快速飞翔的答案而顿悟自己的生活不也正是如此,匆匆忙忙,总希望心灵的泉水流淌在自己的视线内,而不至于失去方向感。

心灵的泉水教导我：只有舍弃自我，才能看见真实。

舍弃自我是困难的，甚至是不可能的，我想。然而，絮絮低语的泉水明明白白对我说：美，正在于此。

（陈德文　译）

富士的黎明

〔日〕德富芦花

德富芦花（1868—1927），日本明治时期小说家。原名健次郎，笔名芦花；生于士族地主家庭，做过记者；信奉基督教，向往资产阶级的自由、平等、博爱，受托尔斯泰的影响很深。长篇小说《不如归》和《黑潮》是其代表作。前者通过女主人公浪子的一生写出日本妇女的悲惨命运，后者暴露当时统治阶级的荒淫无耻。德富芦花还写有很多评论、随笔等，晚期创作带有神秘主义色彩和绝望情绪。

请有心人看一看此刻的富士的黎明。

午前六时过后，就站在逗子的海滨眺望吧。眼前是水雾浩渺的相模滩。滩的尽头，沿水平线可以看到微暗的蓝色。若在北端望不见相同蓝色的富士，那你也许不知道它正潜隐于足柄、箱根、伊豆等群山的一抹蓝色之中呢。

海，山，仍在沉睡。

唯有一抹蔷薇色的光，低低浮在富士峰巅，左右横斜着。忍着寒冷，再站着看一会儿吧。你会看到这蔷薇色的光，一秒一秒，沿着富士之巅向下爬动。一丈，五尺，三尺，一尺，而至于十寸，

(三) 日 本

富士这才从熟睡中醒来。

它现在醒了。看吧，山峰东面的一角，变成蔷薇色了。

看吧，请不要眨一下眼睛。富士山巅的红霞，眼看将富士黎明前的暗影驱赶下来了。一分，——两分，——肩头，——胸前。看吧，那伫立于天边的珊瑚般的富士，那桃红溢香的肌肤，整座山变得玲珑剔透了。

富士于薄红中醒来。请将眼睛下移，红霞早已罩在最北面的大山顶上了。接着，很快波及足柄山，又转移到箱根山。看吧，黎明正脚步匆匆追赶着黑夜。红追而蓝奔，伊豆的连山早已一派桃红。

当黎明红色的脚步越过伊豆山脉南端的天城山的时候，请把你的眼睛转回富士山下吧。你会看到紫色的江之岛一带，忽儿有两三点金帆，闪闪烁烁。

海已经醒了。

你若伫立良久仍然毫无倦意，那就再看看江之岛对面的腰越岬赫然苏醒的情景吧。接着再看看小坪岬。还可以再站一会儿，当面前映着你颀长的身影的时候，你会看到相模滩水气渐收，海光一碧，波明如镜。此时，抬眼仰望，群山退了红装，天由鹅黄变成淡蓝。白雪富士，高倚晴空。

啊！请有心人看一看此刻的富士的黎明。

（陈德文　译）

《 名师释疑 《

玲珑剔透：形容器物精致通明，结构细致。也比喻人精明灵活。

名师指津

群山、天的色彩变了又变，却是自然的颜色，是富士黎明的颜色，这正是作者所赞美的。

自然与人生（节选）

〔日〕德富芦花

德富芦花（1868—1927），日本明治时期小说家。原名健次郎，笔名芦花；生于士族地主家庭，做过记者；信奉基督教，向往资产阶级的自由、平等、博爱，受托尔斯泰的影响很深。长篇小说《不如归》和《黑潮》是其代表作。前者通过女主人公浪子的一生写出日本妇女的悲惨命运，后者暴露当时统治阶级的荒淫无耻。德富芦花还写有很多评论、随笔等，晚期创作带有神秘主义色彩和绝望情绪。

晨 霜

我爱晨霜。因为它凛然、纯洁，因为它是朗朗晴日的使者。清美者要首推白霜衬托着的朝阳。

某年12月末的一个早晨，我路过大船户家附近。这是一个罕见的降霜之晨，田地里，房屋上，到处都好像是下了一层薄雪，连村庄附近的竹丛、常青树等也都是一色银白。

不一会儿，东方的天空透出了金色，杲杲旭日冉冉升起，没有一丝一缕云彩的搅扰。亿万条金线普照着田野人家。层霜皎皎，仿佛是银河光芒闪烁。人家、树丛、田地及中央堆放的稻草，乃至从只有几寸的地面抬起的草鞋，所有的一切都向着太阳，只有背光的地方呈着紫色。目之所及，无不是白光紫影，在紫影中晨霜逐渐显得朦胧，大地全部变成了紫色的水晶块。

有一位农夫，在晨霜的原野中烧着稻草。青烟蓬然而上，继

(三)日 本

而扩散开去,遮蔽了阳光。青烟所到之处随即变成了白金色,然后又渐渐变浓,最终,那青也染上了淡淡的紫色。

从此后,我爱晨霜之情便与日俱深。

杂树林

从东京西郊到多摩河之间,有几座山丘和几道山谷,几条小路沿山谷而下又爬过山丘,曲曲弯弯地向前伸去。山谷有的被填平成了水田,好像那里有条小河,河边零星可以看到水车,山丘大多被开拓成旱田,于是出现了被分割成这儿一堆那儿一丛的杂树林。

我爱这杂树林。

树的种类有枹、榛、栗、栌等,枹树应该为最多。大树很少见,多是些从树墩上簇发的幼枝,树下几乎全都铺盖着奇美的杂草,比那挺立的红松林、黑松林还要秀丽的翠顶遮挡着碧空。实可称之为罕见之景。

每逢到了霜降后收萝卜的季节,那一层层的黄叶如缎似锦,令人无意再羡枫林。

待到树叶落尽,那一片寒林宛如千万柄手杖刺向冰冷的天空。日落后,夕烟遍地,树梢上的天空变成淡紫色,月亮升起,大如银盘。

春天来了,当淡褐、淡绿、淡红、淡紫、嫩黄等柔美的色彩刚开始竞相孕育新生的时候,樱花为何却已独自怒放?

请在绿叶繁茂的季节漫步林中吧,每一片叶子都满载了阳光。如果你摘一片碧玉般的绿叶遮在头上,那么你的脸便会变成绿色;倘若你要小睡,那么你的梦也一下会被染得透绿、透绿。

到了青头菌繁生的季节,除了杂树林的老朋友胡枝子开始吐蕾外,还有败酱草、黄背草,它们也在林中纷生。大自然在这里

名师指津

作者不借助于任何别的手段,直接地倾吐自己对这杂树林的喜爱之情,以此来感染读者,引起情感上的共鸣。这种直抒胸臆的方式显得更加坦率真挚,朴质诚恳,很能打动人心。

名师释疑

罕见:难得见到;很少见到。

创造了一个百草园。

月夜自然美妙，然而无月也不妨，请来此林中度过一个风露之夜吧！那时你会听到松虫、铃虫、螿虫、蟋蟀的大合唱，那歌声如丝丝细雨流入你的耳中，自有一番置身虫笼的妙趣。

相模滩的落日

在秋冬交替、空清风和的傍晚，站在海岸上远眺伊豆山头的落日，会使人不由得想道：世上竟然会有这么多宁静的时刻。

太阳从下落到全部隐没，只需要短暂的三分钟。

当太阳刚刚开始西落时，簇拥着富士山的相豆山脉，一片淡淡，宛若青烟。太阳唯有此时此刻才是真正的白日，白光灿灿，令人目眩，连山的姿影也模糊难辨了。

太阳下落着，相豆山脉渐渐地变成了紫色。

太阳继续下落，紫色的相豆山脉染上了金色的烟雾。

落日的身影刚刚流进海中，波光却已涌到站在岸边眺望者的脚下了。海上的船全都金光闪烁，豆子海岸的周围，无论山，无论沙，无论房，无论松，无论人，就连那横卧在岸上的鱼篓，散落着的稻草，也都在神奇地火一般地燃烧。

在这风平浪静的傍晚，观赏山头的落日，颇如奉侍于将逝的大圣身旁。庄严之极，肃穆之极，仿佛凡夫俗子也承蒙神的灵光的普照，骨肉之躯同大自然融化在一起，而那惟恭惟敬的灵魂却伫立在永恒的彼岸。

一种奇妙的东西融入心脾。说喜则过，说悲则不及。太阳越沉越低，当她笼挂于伊豆山头时，相豆山脉瞬间变成了艳蓝色，只有富士山巅仍然在透紫的底色上泛出一缕缕金光。

落日开始投进伊豆山峦的怀抱了。她沉落一分，浮在海上的

名师指津

以日落的循序渐进，将时间的变化和相豆山脉颜色变化结合起来，一幅日落照山、山色随变的神奇画作便跃然纸上。

(三) 日 本

身影便远退一里。她从容大度，一寸寸、一分分地悠然下落。那频频回首的样子，似乎是在留恋着别去的世间。

当只剩最后一分钟的时候，她猛然加速，<u>刹那</u>间挤作一弯眉毛，眉毛拉开，又瘦成一条直线，线又缩为一个点——随即彻底消失了。

举目太空，世上已经再也没有太阳，大地于顷刻间失去了光辉。大海和山峦似乎也都因之而<u>黯然神伤</u>。

太阳落了山，却又将余晖像金箭般喷射出来，君不见西天一片金黄？伟人长逝时的遗容也诚当如此吧。

太阳落后，富士山也旋即显得苍然。不一会儿，西边天宇的金黄色变成了火红色，又变成了熏黑的桦木色，最后是深蓝色，被认作是太阳的遗子的金星，在渐渐暗下去的相模滩的上空眨着眼睛，好像是在约见明天的日出。

大海日出

撼枕的涛声惊破了睡梦，起身敞开窗门。时间是明治二十九年11月4日的黎明，地点在铫子的水明楼。楼下紧临着浩瀚的东海。

虽是凌晨四时已过，海上仍然一片黑暗，只有涛声高喧。眺望东方的天空，沿水平线横卧着一条熏桦木色的长带。<u>在它的上面，是深蓝色的天空，一弯弦月宛如金色的弓悬挂在天幕上。那清澈的光辉，好似在守护着东海。</u>左边黑魆魆的探出物是犬吠岬，岬顶上设着灯塔，灯光划着白色的光环，连接起陆地和海面。不久，冷冷的晓风横扫过黛色的大海，夜的衣裙从东方渐渐脱起，踏看青白色的"报晓"的波浪，一点点地逼来，其状伸手可掬。雪白的浪涛拍打着黝黑的岩石，这壮景也越来越看得分明。抬头仰望，那宛若金弓般的月亮已变成了一弯银钩，熏黑色的东方也逐渐染上了清澄的淡黄。在浩渺的大海上奔涌的波涛，腹部黝黑，

名师释疑

刹那：极短的时间；瞬间。

黯然神伤：形容因失意、沮丧而伤感。

名师指津

通过描写那一弯月的形态，抓住了同一景物在不同时间内的显著特点。这样细腻生动的描绘将日出前与日出后的景观做了对比。

33

脊背雪白,夜的梦虽然仍在海上徘徊,东方的天空都已启动了眼睑,太平洋之夜就要在此时醒来了。

曙光自然而然地宛如花蕾绽放、波环散漫,在天空和水上扩展开去。水越显得白,东方的天空越显得黄,弦月也好,灯塔也好,都淡离我而去,虽然相距有限,都不得见了。此时,一列尚未忘记使命的候鸟拖曳着啼鸣,从海面上掠过,于是大海的每一道波涛全都跷足而立,一起回首东方。一种有所期待的私语——无声之声在四周弥漫。

五分钟过去了,十分钟过去了。东方的天空喷射出金光,忽然间,一点猩红从大海的边际浮起,可惊可叹!太阳出来了。不容生得此念,呼吸已紧紧地屏住。只见那擎日的海神之手一动不动,那浮出水面的红点就在一瞬间拉成了金钱,拱成了金梳,又收成了金蹄。随后是无所留恋地将身体一摇,跳出了水面。就在它告别大海而升起的时候,缓缓地将万斛黄金嗒嗒嗒地滴下,瞬间万里。当意识到那金光宛如长蛇迅速跑过浩浩大洋,向这里涌来时,眼下的岩石骤然间卷起了二丈白雪。

(兰明 译)

牵牛花

〔日〕志贺直哉

志贺直哉(1883—1971),日本作家,"白桦派"代表作家之一,被誉为"日本小说之神"。1910年4月,与武者小路实笃和有岛武郎等人创办同人杂志《白桦》,《到网走去》在创刊号上刊载,以其准确的描写和清新的风格获得广泛好评。继之,发表优秀短篇

名师释疑

弥漫:充满烟尘或气体。

名师指津

通过细节描写,清晰地展示了日出的过程。

(三)日 本

小说《清兵卫和葫芦》《范氏犯罪》等。1912年发表短篇小说《克罗谛思日记》，显示了他出众的才华，为文艺界所瞩目。1917年先后发表的名篇《和解》《在城崎》《佐佐木的场合》《好人物夫妇》以及历史小说《赤西蛎太》，其中《在城崎》被誉为日本近代心境小说代表作。此后，志贺直哉进入创作的旺盛期。

　　我从十几年前以来，年年都种牵牛花。不但为了观赏，也因它的叶子可以做治虫伤的药，所以，一直没有停止。不但蚊蚋，就是蜈蚣、黄蜂的伤，也很有效。拿三四枚叶子，用两手搓出一种黏液来，连叶子一起揉擦咬伤的地方，马上止痛止痒，而且以后也不会流出来。

　　现在我住的热海大洞台的房子，在后山半腰里搭了一座小房做书斋。房基很窄，窗前就是斜坡。为了安全，筑了一条低低的篱笆。篱下种上一些茶树籽，打算让它慢慢长成一道茶树的生篱。但这是几年前的事了，今年又种上了从东京百货公司买来的几种牵牛花籽。快到夏天时，篱上就爬满了藤蔓，有一些相反地蔓到地上去了，我便把它拉回到篱笆上。茶籽也到处抽出苗来，可是，因牵牛藤长得很茂盛，便照不到阳光了。

　　这个夏天，我家里住满了儿孙，因此，有一个多月，我都住在半山腰的书斋里。大概因为年龄关系，早晨五点钟醒来再也睡不住了，只好望望外边的风景，等正房里家人起来。我家正房风景就很好，书斋在高处，望出去视野更广。西南方是天城山、大室山、小室山、川奈的犄角和交叠的新岛。与川奈犄角相去不远，是利岛，更远，有时还可以望见三宅岛，但那只是在极晴朗的天气，一年中几次才能隐约望见罢了。正面，是小小的初岛，那后面是大岛，左边是真鹤的犄角，再过去，可以望见三浦半岛的群山，

名师指津

作者开门见山地交代了自己年年都要种植牵牛花的原因，他并非是喜欢牵牛花才种植它，而是因为牵牛花具有一定的药效。作者对牵牛花的感情经历了由并不特别喜欢到喜欢的过程，在行文时采用了欲扬先抑的写法。

是极难得的风景区。我以前也住过尾道、松江、我孙子、山科、奈良等风景区，但比较起来还是这儿最好。

每天早晨起来，胡坐在阳台上，一边抽烟，一边看风景，而眼前，则看篱笆上的牵牛花。

我一向不觉得牵牛花有多美，起先因为爱睡早觉，没有机会看初开的花，见到的大半已被太阳晒得有些蔫了，显出憔悴的样子，并不特别喜欢。可是今年夏天，一早就起床，见到了刚开的花，那娇嫩的样子，实在很美，同美人蕉、天竺葵比起来，又显得格外艳丽。牵牛花的生命不过一二小时，看它那娇嫩的神情，不由得想起自己的少年时代。后来想想，在少年时大概已知道娇嫩的美，可是感受还不深，一到老年，才真正觉得美。

听到正房的人声，我便走下坡去，想起给上学的孙女做压花的材料，摘下几朵琉璃色、大红色或赤豆色的牵牛花，花心向上提在手里，从坡道走下去。忽然一只飞虻，在脸边嗡嗡飞绕。我举起空着的手把它赶开，可是，它还缠绕着不肯飞开。我在半道里停下来，这飞虻便翘起屁股钻进花心里吸起蜜来，圆圆的花斑肚子，一抽一吸地动着。

过了一息，飞虻从花心里退出来，又钻到另外一朵花里去了，吸了一回蜜，然后毫不留恋地飞走了。飞虻只见到花，全不把我这个人放在眼里，我觉得它亲切可爱。

把这事对最小的女孩说了，她听了大感兴趣，马上找出《昆虫图鉴》来，一起查看这是一种什么虻，好像叫花虻，要不就叫花蜂。据《图鉴》说明，虻科昆虫的翅膀都是一枚枚的，底下没有小翅，蜂科的翅膀，则大翅下还有小翅。这只追逐牵牛花的虫儿，见到时认为是虻，就称作虻吧，到底是虻是蜂，现在也没搞清。

（楼适夷 译）

名师释疑

憔悴：形容人瘦弱，面色不好看。

名师指津

飞虻对花的热爱而至于忽视"我"，但"我"却觉得它亲切可爱，这何尝不是"我"的童趣依然呢？

（三）日本

古都的风貌

〔日〕川端康成

川端康成（1899—1972），日本杰出的小说家。1926年发表中篇小说《伊豆的舞女》，开始蜚声文坛。1929年与横光利一等人创办《文学时代杂志》，是新感觉派的代表作家之一。其主要作品有《伊豆的舞女》《古都》《雪国》《千只鹤》等。1968年，他的《雪国》《千只鹤》和《古都》三部小说获得诺贝尔文学奖。川端康成的作品富有印象主义色彩，语言洗练质朴，意境新颖，注重抒情和主观感觉的描写；但其创作受佛教影响较深，时或带有消极悲观情调。

青莲院中巨楠木

晚秋日映似新绿

我不谙诗歌，不知是写作"晚秋"还是"晚秋的"好，也不知是写作"日映似新绿"还是"日照似新绿"好。说不定写作"阳光映嫩叶"这种佶屈聱牙的句子反而更有意思。总之，今天我的印象是，在青莲院门前的楠树下站站，环绕一周，抬头仰望着大树。虽是晚秋，"嫩叶"还青，低垂的树枝竭力伸展。近冬的晌午阳光照射在繁茂的小叶上，透过叶隙筛落下来，使这棵老树显得特别娇嫩，充满了青春的活力。我就把这种景色写成一首诗。这棵苍老的大树，枝干盘缠交错，庄严地露出大地。这雄姿奇态，非我这个不谙诗歌的人吟咏一首诗就能表达出来的。这季节与其说是"晚秋"，莫如说是"近冬"。京都的红叶鲜红似火，同常绿林互相辉映，呈现一派"晚秋"的景象。只是今天我发现这熟悉的大楠树的叶色竟这般娇嫩，更是感到沉迷罢了。这叶色的绿，

名师释疑

佶屈聱牙：形容文字艰涩生僻、拗口难懂。佶屈，曲折，不顺畅。聱牙，拗嘴，不顺口。

名师指津

作者用细腻而优美的笔调描写了古都的风貌，午后的阳光倾泻在苍老的古树上，斑驳的树影细碎地洒下来，这一切景象和谐地融合成一幅淡雅而古朴的图画。

正是东山魁夷画中之色。

东山的《京洛四季》里有一幅画了大楠木这种"经年古树"。我去观赏了东山画的楠树。我为了商量明春写东方舞的脚本，昨天拜访了西川鲤三郎，在名古屋歇了一宿。但为了撰写寄给《京洛四季》画册的文章，我觉得还是置身于京都好，一定能领略到东山所画的实景。于是我在名古屋告别了妻子，独自折回京都，观赏一番今天的楠树。往返名古屋都是乘车，奔驰在名古屋—神户高速公路上。在前往的途中，夕阳正在红霞中西沉。

秋阳夕照红彤彤

伊吹山岭溶其中

我不知是写作"秋阳夕照"还是"秋天红日"好，是写作"溶进其中"还是"耸立其中""一座其中"好。不管怎么说，我不谙俳句，语言不能运用自如，行驶在高速公路上，迎面一片晚霞，只见巍然屹立的伊吹山庄严、雄伟，毋宁说，使用硬性的语言更合适吧。

青莲院门前的大楠树也是庄严、雄伟。不仅如此，还很优雅、艳丽。在美洲大陆或欧洲大陆上，我遇见古树，总要看上几眼。这些古树都很粗大，却没有日本古树那种秀美纤丽，那种神韵雅趣，那种优美和浓绿。大概西方没有日本爱名树、名石之美的传统。就以青莲院的大楠树来说，它与我这个日本人是灵犀相通的。去年我参加三国町举办的高见顺诗碑揭幕式之后，归途路过金泽，观赏了驰名的三名松，它深深地打动了我，我甚至不敢相信这世上竟有这样的美。日本人几百年来创造并留存了一棵树的美，自以为是值得庆幸的。东山的《经年古树·青莲院楠树》，即使在《京洛四季》的许多画中，也是一幅最写实的画。东山的画惟妙惟肖，把我那词未尽意的对古树的赞美都画活了。

名师释疑
俳句：日本古典短诗，由十七字音组成。源于日本的连歌及俳谐两种诗歌形式。

名师指津
通过将美洲、欧洲的古树与日本的古树进行对比，鲜明地突出了日本古树秀美纤丽的特点，赞美了日本古树独具的神韵雅趣。

（三）日 本

以前东山有过一幅巨作《树根》。我虽只在画集里看过这幅画，但它早已渗入我的心。青莲院的楠树树根向横盘缠蔓延；而《树根》中的树根则弯曲向上攀伸。这两种奇态给我的感受是：具有一种魔怪般的力量，一种扎根大地、支撑天空的怪异美，是大自然与人的生命的永恒象征。当然这种稀有的奇态中也有东山的发现。东山前次北欧之行的产物——系列画展上，也有描绘大树的杰作。很早以前我就看到古老的大树具有深远的生命，也曾漫游各地寻觅过它，这回我在东山所绘的大树或树根中感受到了。坐在具有几百年、上一二千年树龄的大树树根上，抬头仰望，自然会联想到人的生命短暂。这不是虚幻的哀伤，而是一种伟大的精神不灭，同大地母亲的亲密交融，从大树流到了我的心中。也是出于这种感受，晚秋发现了大楠树嫩叶的颜色。"老树一花开"已是很好，现在是"老树万花开"。但是我之所以看到洒上阳光，阳光透下来的大柏树的叶子比小楠树的叶子细小，也许是由于大楠树的树龄的关系吧。

也许晚秋的大楠树呈现嫩叶般晶莹的绿色，实际上就是京都树木的绿色。多亏我要思考为东山的《京洛四季》撰写文章，今秋我才发现京都树叶的碧绿和竹叶的碧绿，同东京一带的不同。

阵阵秋雨淅沥沥

光悦垣上红叶丽

今年在光悦会的茶席上，我看见觉觉斋的刻有俳句第一句"阵阵秋雨来"的茶杓，才知道这句词。因为光悦会这时秋色正浓，我深感这句词把握了京都的特色，故挥笔戏写了这俳句。但那天是个小阳春天气，连北山都没有下阵雨，只不过是借用这句"阵阵秋雨来"硬作此诗。然而，我倒是长时间坐在光悦会篱笆正前方的折凳上，面对篝火取暖，一边同朋友，精通茶道的人，

名师指津
面对具有几百年甚至上一二千年历史的古树，在赞叹古树的持久而旺盛的生命力时，难免会感怀人类生命的短暂，流露出一种淡淡的感伤。

名师释疑
茶杓：一种茶具，用以除茶渣及拨茶则上的茶干入壶。

以及茶具店的人谈天说地，午间吃了盒饭。光悦会篱笆前面种了胡枝子，后面栽了枫树，东山的画如实地把这景色画了下来。我一边观赏眼前的实景，一边品味仍残留在脑子里的东山画的《秋寂·光悦寺》。这篱笆对面的远处栽有竹子，我对妻子悄声说：那是东山所画的竹子的颜色。而后本应从光悦寺走访大河内山庄（传次郎的遗宅），却信步深深地踏进了野野宫旁的小径。这里还残留着嵯峨的竹林，也有东山所绘的竹子的颜色。我们又从西山走到东边的诗仙堂。山茶花盛开的季节即将逝去，此刻的风光正是夕阳无限好。

> 名师释疑
>
> 嵯峨（cuó é）：形容山势高峻。

　　西山夕照诗仙堂

　　映红一片山茶花

　　这里我也不知是用"西山夕照"好，还是用"迎着夕照"好。满树的白花和巨大的古树没有写入俳句诗人的诗句里。东山在《京洛四季》里所画的竹林有《入夏》和《山崎边》。今秋我在京都听说，山崎、向日町一带的竹林，被乱砍滥伐，辟作住宅用地，京都味的竹笋的产地也渐渐消失了。去年我从大河内山庄的传次郎夫人那里听说，岚山大约有几千棵松树无人管理，听之任之，都快枯死了。每次到此地，我总不免"泪眼模糊望京都"。

　　几年前，我再三对东山说："不趁现在把京都描绘下来，恐怕不久就会消失了，趁如今京都风貌犹存，就请把它画下来吧。"当时我这种祈愿，多少促成东山画出了《京洛四季》这出色的系列作品，这是我的幸福、喜悦，难以用语言来表达的。我起初对东山说这句话的时候，我常漫步京都市街，不由得喃喃自语说：看不见山了！看不见山了！我感到伤心。不甚雅观的小洋房不断兴建起来，从大街上已望不见山了。我悲叹大街上望不见山，这哪是京都啊！如今在京都市街望不见山已成习惯了。不过，我至

> 名师指津
>
> 作者的话语透露出他对古都原有景物被破坏掉的痛惜之情，也诉说了他对古都风貌不能留存的深深的担忧。也正是这种隐忧促使他催促朋友完成了画作，这样的结果令作者心存喜悦，略感安慰。

(三)日 本

今依然祈望京都的风貌能长久地保存下来。东山的《京洛四季》中的许多画，可以担负起把京都风貌保存下来的任务。这《京洛四季》的诞生，其中也有我的夙愿，还有东山平日的深厚情谊，让我寄去随意写就的文章。他画的许多风景，都是我经常叩访的地方，比如高桐院等地。特别是《北山初雪》和《周山街道》，更是与我很有缘分。我对东山所作的北山杉画群，有一种亲切感，印象特别深刻。再说，最近我对写这篇文章的地点——京都饭店的日本式房间，以及滨作饭店的日本餐厅——也颇感亲切，它的窗口同东山和比睿山遥遥相望。赖山阳有这样的诗句："东山如熟友，数见不相厌。"

拨开云和雾

熟友东山现

我不谙俳句，仍然不知是写"东山现"好，还是写"东山隐见"好。好歹这是实际的景象。最近我经常在黎明前早起，每朝都几乎观赏一番《京洛四季》中的《佛晓·比睿山》。在完成《京洛四季》之前，东山所作的系列作品展是描绘北欧的。我没想到我即将去斯德哥尔摩旅行，有幸为鲁西亚节的女王瑞典小姐点燃她桂冠上的蜡烛，大概这是同东山的缘分深的缘故吧。东山从北欧之行的无比喜悦中，回到了日本故乡，这回他画了这组充满依恋、温馨、典雅、清新和自然的画，这就是《京洛四季》。这期间，东山还画了新皇宫大壁画等，他在艺术上的长足进展，是有目共睹的。

（叶渭渠 译）

名师指津

每一个民族的文化传统，往往有一些执着的守护者，本文的作者亦是如此。他对京都的风貌有着深深的眷恋和热爱，并希望京都的风貌可以保存下来。

名师释疑

赖山阳：即赖襄，姓赖名襄，字子成，号山阳、山阳外史，通称久太郎，别号三十六峰外史，书斋名"山紫水明处"，日本著名汉学家。生于安永九年（1780），天保三年（1839）卒，父祖皆有名。性格豪迈，著述广布，著有《日本外史》等。

二十世纪外国散文精选

蒲公英

〔日〕壶井荣

壶井荣（1900—1967），日本现代女作家。小学三年级时，因家庭破产，她一面给人看小孩，一面上学；14岁起就像男孩子一样干活。1935年，因读坪田让治的《风中的孩子》受到启发，写了具有浓厚的民族风格的处女作《萝卜叶子》，开始了笔墨生涯。战后写的《二十四只眼睛》，是她的成名之作，被译成各种文字，影响广泛。她的作品富有诗意，文笔朴实，充满了对人类的爱，为遭受压迫的妇女呼吁，赢得广大读者的尊敬。

"提灯笼，掌灯笼，聘姑娘，扛箱笼……"

村里的孩子们一面唱，一面摘下蒲公英，深深吸足了气，"噗"的一声把茸毛吹去。

"提灯笼，掌灯笼，聘姑娘，扛箱笼——噗！"

蒲公英的茸毛像蚂蚁国的小不点儿的降落伞，在使劲吹的一阵人工暴风里，悬空飘舞一阵子，就四下里飞散开，不见了。在春光弥漫的草原上，孩子们找寻成了茸毛的蒲公英，争先恐后地赛跑着。我回忆到自己跟着小伴们在草原上来回奔跑的儿时，也给孙子一般的小儿子，吹个茸毛瞧瞧：

"提灯笼，掌灯笼，聘姑娘，扛箱笼——噗！"

小儿子高兴了，从院子里的蒲公英上摘下所有的茸毛来，小嘴里鼓足气吹去。茸毛鸡虱一般飞舞着，四散在狭小的院子里，有的越过篱笆飞往邻院。

蒲公英一旦扎下根，不怕遭践踏被踩蹦，还是一回又一回地

名师指津

将蒲公英比作降落伞，突出了蒲公英轻盈的特点。作者通过富有表现力的语言写出蒲公英给孩子们带来的乐趣，丰富了孩子们的童年生活。

名师释疑

鸡虱：鸡身上的一种寄生虫，属昆虫纲食毛目、短角鸟虱科，吸食鸡血，会造成鸡的食欲不振，对疾病抵抗力降低。

42

[（三）日　本]

爬起来，开出小小花朵来的蒲公英！

我爱它这坚强和朴实的纯美，曾经移植了一棵在院里，如今已经八年了。虽说爱它而移植来的，可是动机并不是为风雅或好玩。在战争激烈的时候，我们不是曾来回走在田地里寻觅野菜来么？那是多么悲惨的时代！一向只当作应时野菜来欣赏的鸡筋菜、芹菜，都不能算野菜，变成美味了。

我们乱切一些现在连名儿都记不起来的野菜，掺在一起煮成难吃得碗都懒得端的稀糊来，有几次吃的就是蒲公英。据新闻杂志的报道，把蒲公英在开水里烫过，去了苦味就好吃了，我们如法炮制过一次，却再没有勇气去找来吃了。就在这一次把蒲公英找来当菜的时候，我偶然忆起儿时唱的那首童谣，就种了一棵在院子里。

蒲公英当初是不大愿意被迁移的，它紧紧扒住了根旁的土地，因此好像受了很大的伤害，一定让人以为它枯死了，可是过了一个时期，又眼看着有了生气，过了二年居然开出美丽的花来了。原以为蒲公英是始终趴在地上的，没想到移到土壤松软的菜园之后，完全像蔬菜一样，绿油油的嫩叶冲天直上，真是意想不到的。蒲公英只为长在路旁，被践踏、被蹂躏，所以才变成了像趴在地上似的姿势的么？

从那以后，我家院子里的蒲公英一族就年复一年地繁殖起来。

"府上真新鲜，把蒲公英种在院子里啦。"

街坊的一位太太来看蒲公英时这样笑我们。其实，我并不是有心栽蒲公英的，只不过任它繁殖罢了。我那个像孙子似的儿子来我家，也和蒲公英一样的偶然。这个刚满周岁的男孩子，比蒲公英迟一年来到我家。

男孩子和紧紧扒住扎根的土，不肯让人拔的蒲公英一样，他初来时万分沮丧，没有一点精神。这个"蒲公英儿子"被夺去了

名师指津

战争激烈的年代，蒲公英成了老百姓们的果腹之物，这说明了战争给百姓们带来了深重的苦难。

名师释疑

炮（páo）制：用烘、炮、炒、洗、泡、漂、蒸、煮等方法加工中草药。

名师指津

蒲公英不舍它最初生存的土壤，如同男孩子对故土无意识的留恋一样。

二十世纪外国散文精选

▶ 名师释疑

蹂躏：践踏，比喻用暴力欺压、侮辱和侵害。

▶ 名师指津

结尾处的童谣与开篇遥相呼应。贯串首尾的童谣有力地渲染了和平安乐的气氛并构成这篇散文的情感基调。

抚养他的大地。战争从这个刚一周岁的孩子身上夺去了父母。我要对这战争留给我家的两个礼物，喊出无声的呼唤：

"须知你们是从被践踏、被<u>蹂躏</u>里，勇敢地生活下来的，今后再遭践踏、再遭蹂躏，还得勇敢地生活下去，却不要再尝那已尝过的苦难吧！"

我怀着这种情感，和我那孙子一般的小儿子吹着蒲公英的茸毛：

"提灯笼，掌灯笼，聘姑娘，扛箱笼……"

（肖肖 译）

名师赏析

　　日本散文除了有精深的见解、优美的意境外，还有清新隽永、质朴无华的文采。日本叙事散文常把在生活中感觉到的透明的、闪耀着生活之光的、在思想深处留下坚硬印象的东西，在心里沉淀、发酵、孕育、定型，然后经过梳理用一根"红线"（中心主题）把它贯串起来，通过文字再表达出来。

学习借鉴

好词

　　如法炮制　意想不到　年复一年　万分沮丧　亲密交融

(三)日 本

好句

* 虽是晚秋,"嫩叶"还青,低垂的树枝竭力伸展。

* 京都的红叶鲜红似火,同常绿林互相辉映,呈现一派"晚秋"的景象。

* 这棵苍老的大树,枝干盘缠交错,庄严地露出大地。

* 近冬的晌午阳光照射在繁茂的小叶上,透过叶隙筛落下来,使这棵老树显得特别娇嫩,充满了青春的活力。

思考与练习

1.《牵牛花》中,作者说"飞虻只见到花,全不把我这个人放在眼里",为什么作者还觉得飞虻"亲切可爱"?

2.读《蒲公英》一文,想想蒲公英是只为长在路旁,被践踏、被踩蹦,所以才变成了像趴在地上似的姿势的吗?

（四）印　度

名师导读

印度散文的突出特点是：用自己的感情去打动读者的心。印度散文作家常常把自己燃烧在作品中，文章中始终激荡着作者真挚、强烈的感情。作家在作品中倾吐着对封建专制的恨和对被压迫者的爱，对普通劳动人民寄予了深切的同情，感情质朴而炽烈。

孟加拉风光（节选）

〔印度〕泰戈尔

罗宾德拉纳特·泰戈尔（1861—1941），印度近代的伟大诗人、作家和社会活动家。他出生于加尔各答一个贵族家庭，父亲是当地闻名的哲学家和社会活动家。1878年泰戈尔前往英国学习法律，两年后未毕业便回到印度，献身文学事业。20世纪头20年是其创作的最辉煌时期，其中长篇小说《沉船》堪称珍品；《戈拉》是描写当时印度社会的史诗级作品；抒情诗集《吉檀迦利》是他50岁生日的自选集，被誉为"印度诗歌的瑰宝"，因此获得1913年诺贝尔文

(四)印 度

学奖,成为第一位获得该项奖的东方作家。泰戈尔的全部作品构成了印度文艺复兴运动和民族独立运动的一个重要侧面,对印度的社会生活和文艺运动产生了重大影响。他是举世公认的散文诗大师。

沙乍浦,一八九一年二月。

在我的窗前,河的彼岸,有一群<u>吉卜赛人</u>在那里安家,支起了上面盖着竹席和布片的竹架子。这样的结构只有三所,矮得在里面站不起来。他们生活在空旷中,只在夜里才爬进这隐蔽所去,拥挤着睡在一起。

<u>吉卜赛人的生活方式就是这样:哪里都没有家,没有收租的房东,带着孩子、猪和一两只狗,到处流浪;警察们总以提防的目光跟着他们。</u>

我常常注意着靠近我们的这一家人在做些什么。他们生得很黑但是很好看,身躯健美,像西北农民一样。他们的妇女很丰硕;那自如随便的动作和自然独立的气派,在我看来很像<u>黧黑</u>的英国妇女。

那个男人刚把饭锅放在炉火上,现在正在劈竹编筐。那个女人先把一面镜子举到面前,然后用湿手巾再三地擦着脸;又把她上衣的褶子整理妥帖,干干净净地走到男人身边坐下,不时地帮他干活。

他们真是土地的儿女,出生在土地上的某一个地方,在任何地方的路边长大,在随便什么地方死去。日夜在辽阔的天空之下,开朗的空气之中,在光光的土地之上,他们过着一种独特的生活;他们劳动,恋爱,生儿育女和料理家务——每一件事都在土地上进行。

他们一刻也不闲着,总在做些什么。一个女人,她自己的事

◆ 名师释疑 ◆

吉卜赛人:深色皮肤的高加索人,原住印度北部,现遍布世界各地,以欧洲为主。

黧黑:黧黑的意思就是"黑",只不过是书面语而已。一般形容脸色或发色。

名师指津

通过简洁而生动的描写概括出吉普赛人到处流浪的生活方式,使读者对吉普赛人的生活有了一个初步的了解。

情做完了，就扑通地坐在另一个女人的身后，解开她的发髻，替她梳理；一面也许就谈着这三个竹篷人家的家事，从远处我不能确定，但是我大胆地这样猜想着。

今天早晨，一个很大的骚乱侵进了这块吉卜赛人宁静的住地里。差不多八点半或是九点钟的时候，他们正在竹席顶上摊开那当作床铺用的破烂被窝和各种各样的毯子，为的晒晒太阳见见风。母猪领着猪仔一堆堆地躺在湿地里，望去就像一堆泥土。它们被这家的两只狗赶了起来，咬它们，让它们出去寻找早餐。经过一个冷夜之后，正在享受阳光的这群猪，被惊吵起来就哇哇地叫出它们的厌烦。

我正在写着信，又不时心不在焉地往外看，这场吵闹就在此时开始。

我站起走到窗前，发现一大群人围住这吉卜赛人的住处。一个很神气的人物，在挥舞着棍子，信口骂出最难听的话语。吉卜赛的头人，惊慌失措地正在竭力解释些什么。我推测是当地出了些可疑的事件，使得警官到此查问。

那个女人直到那时仍旧坐着，忙着刮那劈开的竹条，那种镇静的样子，就像是周围只有她一个人，没有任何吵闹发生似的。然而，她突然跳着站起，向警官冲去，在他面前使劲地挥舞着手臂，用尖粗的声音责骂他。刹时间，警官的三分之一的激动消失了，他想提出一两句温和的抗议也没有机会，因此他垂头丧气地走了，就像完全变了一个人似的。

等他退到一个安全的距离以后，他回过头来喊："我只要说，你们全得从这儿搬走！"

我以为我对面的邻居会即刻卷起席篷，带着包袱、猪和孩子一齐走掉。但是至今还没有一点动静，他们还在若无其事地劈竹

(四)印 度

子、做饭或者梳妆。

西来达,一八九二年八月二十日。

每当看到一幅美丽的风景画的时候,我常想:"如果我能住在里面,那有多好!"就是这种愿望在这里得到了满足。在这里,一个人在一个没有真实的冷酷的、色彩鲜明的画图中,活泼了起来。当我小的时候,《保罗和弗珍妮亚》或《鲁滨孙漂流记》书里的森林和海的插图,会把我从日常世界中飘游了出去;这里的阳光把我当年凝视这些图画时候的感觉,又带到我的心上来。

我不能真切地说明,或明确地解释,在我心中所引起的是哪一种的渴望。这仿佛是什么水流的脉搏流过了把我和广大世界连起的干线。我感到,仿佛那模糊遥远的、我和大地上一切合一的时期的记忆,又回到我的心上来了;在我上面长着青草的时候,在我上面照着秋光的时候,在柔和的阳光接触之下,青春的温热气息会从我的宽大、柔软、青绿身躯的每一个气孔里升上来,一个新鲜的生命,一种温柔的喜乐,将半自觉地隐藏起来,而又从我所有的广漠中无言地倾吐了出来,当它静默地和它的各个国家和山和海在光明的蓝天下伸展着的时候。

我的感觉就像是我们古老的大地,在被太阳吻着的日常生活中的狂欢感觉;我自己的意识仿佛涌流过每一片草叶、每一条吮吸着的草根,穿过树干和树液一同上升,在喜悦的颤抖中,和在田中摇动的玉米和沙沙作响的棕叶一同展放着。

我感到我不得不表示出我和大地的血缘联系,和我对她的亲属之爱,但是我恐怕人家不会了解我。

西来达,一八九三年五月十一日。

名师指津
简洁的一句话真切地道出了作者对风景如画的居住地充满了憧憬和向往,这不仅是作者的个人感受,也道出了绝大部分人的心声。通过心理活动的抒写交代了此处的风景优美如画的特点。

名师指津
作者点明"我"和大地的血缘关系,表达了"我"对土地和自然的敬畏和热爱。

49

名师指津

作者将诗歌比作自己的老情人，想象新奇而大胆。虽然作者对诗歌充满了炽热而执着的情感，但是他在追求的过程中却是备受煎熬的，这是因为他为自己钟爱的诗歌耗费了太多的心血。作者将自己的百转柔情娓娓道来，心中是苦乐交织、五味杂陈的。

名师释疑

庇（bì）护：袒护；保护。

诗歌是我的很老的情人——我想我只有罗提那么大的时候，我已经和她订下婚约了。很久以前，在我们水池边，老榕树下，那所内花园，房里地下室的陌生的地区，整个的外面世界，女仆们讲的儿歌和故事，在我心中建起了一个美丽的仙境。对于那一时期所发生的模糊而神秘的事情，很难说得清楚，但这个是明确的，就是我同诗的想象"交换花环"的仪式已经正式举行过了。

但是我必须承认，我的未婚妻不是一个吉利的女郎——不管她给人带来了什么，但绝不是幸运。**我不能说她从来不曾给我快乐，但是和她在一起是谈不到安宁的，她所爱的人可能得到圆满的喜乐，但是在她的残忍的拥抱之下，他的心血是会被绞出来的。** 他所选择的不幸的东西，永不会变成一个认真的、沉着的、舒舒服服地在一个社会基础上安居下来的户主。

有意识或无意识地，我可能做过许多不诚实的事情，但是在我的诗歌里，我从来没有说过一句假话——那是一个圣所。在那里，我生命中最深的真实得到了<u>庇护</u>。

帕提沙，一八九四年三月三十日。

有时当我体会到生命的旅途是漫长的，所遭到的忧伤很多是不可避免的，必须有一种极大的斗志来支持我的心的力量。有些夜晚，当我独坐着凝视着桌上的灯焰，我发誓我要像一个男士似的活着——不动摇，沉静，不怨尤。这决心把我鼓吹了起来，当时我真把自己看作是一个十分、十分勇敢的人。当我担心着路上的荆棘刺伤我的脚的时候，我又退缩了。我开始对前途感到认真的忧虑。生命的道路又显得很长了，我的力量也显得不够了。

但是这最后的结论不会是真实的，因为正是那些细小的荆棘是最难忍受的。心的家务管理是节俭的，需要多少才花掉多少。

(四)印　度

在小事上决不浪费，它的力量的财富是<u>精打细算</u>地积攒起来的，准备应付真正的巨大灾难的。因此，为较小的忧烦而流泪号哭，总不能引起慈善的反应。但当忧伤最深的时候，努力是没有限度的。那时候，外因的硬皮被戳穿了，安慰涌溢了出来。一切忍耐和勇敢的力量都结合在一起，来尽它们的责任。这样，巨大的苦难也带来了伟大的持久的能力。

人性的一方面有追求愉乐的欲望——另一方面是向往自我牺牲。当前者遇到失望的时候，后者就得到力量。这样，它们发现了更完美的范围，一种崇高的热情把灵魂充满了。因此当我们在微小困难面前是个懦夫的时候，巨大的忧伤激起了我们更真实的丈夫气概，使我们勇敢起来，所以这里面有一种快乐。

说苦中有乐，不是一种空洞的似是而非的议论，反过来说，在愉乐中有缺憾，也是实在的，不难理解为什么应该是这样。

（冰心　译）

◆名师释疑◆
精打细算：意思是精密地计划，详细地计算。指在使用人力、物力时计算得很精细。

名师指津
点出人性的复杂性，有享乐和牺牲的矛盾欲望，但是这也是一种快乐，因为正是这种复杂性而使"我们"勇敢起来。

名师赏析

印度散文语言简洁，却自有其独特的风姿。印度散文的语言，像那清新的流水，一句连一句，一节跟一节，而又句中无余字，篇中无剩言。这是一种流利的简洁，或曰简洁的潇洒。语言简洁、潇洒，乃是笔墨的净化，是作家语言技巧达到炉火纯青的成熟标志。

学习借鉴

好词

　　心不在焉　　惊慌失措　　若无其事　　精打细算

好句

　　* 日夜在辽阔的天空之下，开朗的空气之中，在光光的土地之上，他们过着一种独特的生活。

　　* 我的感觉就像是我们古老的大地，在被太阳吻着的日常生活中的狂欢感觉；我自己的意识仿佛涌流过每一片草叶、每一条吮吸着的草根，穿过树干和树液一同上升，在喜悦的颤抖中，和在田中摇动的玉米和沙沙作响的棕叶一同展放着。

　　* 有时当我体会到生命的旅途是漫长的，所遭到的忧伤很多是不可避免的，必须有一种极大的斗志来支持我的心的力量。

　　* 人性的一方面有追求愉乐的欲望——另一方面是向往自我牺牲。当前者遇到失望的时候，后者就得到力量。这样，它们发现了更完美的范围，一种崇高的热情把灵魂充满了。

思考与练习

1. 吉卜赛人的生活方式是怎样的？
2. 人性的欲望是什么？

（五）黎巴嫩

名师导读

黎巴嫩散文朴素而优美。有人说"散文，朴素最美"，诚哉斯言！然而，散文语言的朴素，却有些像衣着朴素的美人，烟月轻笼的鲜花，是真正的美，在一种极其和谐自然的形式中的流露，是朴素与优美的辩证统一。

沙与沫

〔黎巴嫩〕纪伯伦

纪伯伦（1883—1931），黎巴嫩著名诗人、散文家兼画家。20世纪阿拉伯海外文学的代表人物。纪伯伦23岁开始创作，作品有长篇小说《叛逆的灵魂》以及不少短篇小说，"爱"和"美"是他的重要主题。他的重要作品是定居纽约时写的。有用阿拉伯语发表的《泪与笑》《行列圣歌》《折断的翅膀》《暴风雨》等；有用英语发表的《疯人》《沙与沫》《先驱者》《人子的耶稣》和《先知》等，其中《先知》当推顶峰之作。他的作品在阿拉伯本土和海外都有巨大影响，他的创作风格被誉为"纪伯伦风格"。

> 诗不是一种表白出来的意见，它是从一个伤口或是一个笑口涌出的一首歌曲。

如果你歌颂美，即使你是在沙漠的中心，你也会有听众。

诗是迷醉心怀的智慧。

智慧是心思里歌唱的诗。

如果我们能够迷醉人的心怀，同时也在他的心思中歌唱。

那么他就真在神的影中生活了。

灵感总是歌唱，灵感从不解释。

能唱出我们的沉默的，是一个伟大的歌唱家。

他们说夜莺唱着恋歌的时候，把刺扎进自己的胸膛。

我们也都是这样的，不这样我们还能唱歌吗？

在母亲心里沉默着的诗歌，在她孩子的唇上唱了出来。

当你达到生命的中心的时候，你将在万物中，甚至于在看不见美的人的眼睛里，也会找到美。

友谊永远是一个甜柔的责任，从来不是一种机会。

当你背向太阳的时候，你只看到自己的影子。

慈善的狼对天真的羊说："你不光临寒舍吗？"

羊回答说："我们将以造府为荣，如果贵府不是在你肚子里的话。"

能把手指放在善恶分野的地方的人，就是能够摸到上帝圣袍边缘的人。

怜悯只是半斤公平。

把唇上的微笑遮掩眼里的憎恶的人，是多么愚蠢啊！

奇怪的是，你竟可怜那脚下慢的人，而不可怜那心里慢的人。

可怜那盲于目的人，而不可怜那盲于心的人。

（五）黎巴嫩

你要人们用你的翅翼飞翔而却连一根羽毛也拿不出的时候，你是多么轻率啊。

我宁可做人类中有梦想和有完成梦想的愿望的、最渺小的人，而不愿做一个最伟大的、无梦想无愿望的人。

我曾对一条小溪谈到大海，小溪认为我只是一个幻想的夸张者；我也曾对大海谈到小溪，大海认为我只是一个低估的毁谤者。一场争论可能是两个心思之间的捷径。

当智慧骄傲到不肯哭泣，庄严到不肯欢笑，自满到不肯看人的时候，就不成为智慧了。

执拗的人是一个极聋的演说家。

妒忌的沉默是太吵闹了。

一次羞赧的失败比一次骄傲的成功还更高贵。

在任何一块土地上挖掘，你都会找到珍宝，不过你必须以农民的信心去挖掘。

他们对我说："你能自知，你就能了解所有的人。"

一个哲学家对一个清道夫说："我可怜你，你的工作又苦又脏。"

清道夫说："谢谢你，先生。请告诉我，你做什么工作？"

哲学家回答说："我研究人的心思、行为和愿望。"

清道夫一面扫街一面微笑说："我也可怜你。"

愿望是半个生命，淡漠是半个死亡。

只在一个变戏法的人接不到球的时候，他才能吸引我。

（冰心　译）

名师指津

智慧的人既要懂得正视自身的不足，不能骄傲、自满；智慧的人更要学会修心，塑造一个真实而丰富的自我。一个智慧的人是多样的，并不是完全拘泥于一种，通过耐心的学习，你终究会探索到你自己想要的智慧！那么朝着这个方向努力，你终究会成为理想中的智慧者。

名师释疑

执拗（niù）：固执任性，不听从别人的意见。

羞赧（nǎn）：因害臊而红了脸的样子。

名师赏析

黎巴嫩散文自然中透着情韵。其语言不讲声调，不求韵律，仿佛是自然的天籁，然而却有着比声调韵律更加动人的情韵美。所以著名作家郁达夫说："但渔洋所说的神韵及赵秋谷所说的声调，还有语病，在散文里似以情韵或情调两字来说，较为妥当。这一种要素，尤其是写抒情或写景的散文时，包含得特别多。"

学习借鉴

好词

迷醉　怜悯　轻率　执拗　羞赧

好句

* 一次羞赧的失败比一次骄傲的成功还更高贵。
* 愿望是半个生命，淡漠是半个死亡。
* 只在一个变戏法的人接不到球的时候，他才能吸引我。

思考与练习

1. 为什么说"愿望是半个生命，淡漠是半个死亡"？
2. 为什么说"只在一个变戏法的人接不到球的时候，他才能吸引我"？
3. 清道夫为什么怜悯哲学家？

（六）西班牙

名师导读

西班牙的散文带有情韵，字里行间表达了作者的内情与万物、心声与天籁的和谐融汇，暗暗透着文字中来的一种情调和气氛。西班牙散文中描写了当地自然的风土人情。那么，西班牙的生活到底是怎样的呢？让我们带着疑问，踏上去往西班牙的旅途！

烧炭人

〔西班牙〕巴罗哈

巴罗哈（1872—1956），当代西班牙作家。在他80多年的生涯里，巴罗哈为后人留下了80多部长短篇小说、诗歌、剧本及回忆录，其中较有影响的是三部曲作品《为生活而斗争》。他一生当过乡村医生、面包商，也从事过新闻工作，他的作品反映了他对资本主义的不满到无政府以及悲观主义的转变，小说《黑暗的森林》就是这种思想的反映。

喀拉斯醒过来，就走出了小屋子。顺着紧靠崖边的弯弯曲曲的小路，跑下树林中间的空地去。他要在那里作炭窑的准备。

夜色退去了。苍白的明亮，渐渐的出现在东方的空中。太阳的最初的光线，突然从云间射了出来，像泛在微暗的海中的金丝一样。

山谷上面，仿佛盖着翻风的尸布似的，弥漫着很深的浓雾。

喀拉斯就开始来做工。首先，是拣起那散在地上的锯得正合用的粗树段，圆圆的堆起来，中间留下一个空洞。便将较细的堆在那上面，在上面又放上更细的枝条去。于是一面打着口哨，吹出总是不唱完的曲子的头几句来，一面做工，毫不觉得那充满林中的寂寥和沉默。这之间，太阳已经上升，雾气也消下去了。

在正对面，一个小小的部落，就像沉在哀愁里面似的，悄然的出现在它所属的田地的中央。那前面，是早已发黄了的小麦田，小海一般的起伏着。山顶上面是有刺的金雀枝在山石之间发着芽，恰如登山的家畜。再望过去，就看见群山的折叠，恰如凝固了的海里的波涛，有几个简直好像是波头的泡沫，就这样的变了青石了。但别的许多山，却又像海底的波浪一般，圆圆的，又蓝，又暗。

喀拉斯不停的做着工，唱着曲子。这是他的生活。堆好树段，立刻盖上郎机草和泥，于是点火。这是他的生活。他不知道别样的生活。

做烧炭人已经多年了。自己虽然没有知道得确切，他已经二十岁了。

站在山顶上的铁十字架的影子，一落到他在做工的地方，喀拉斯就放下工作，走到一所小屋去。那处所，是头领的老婆在给烧炭人们吃饭的。

这一天，喀拉斯也像往常一样，顺着小路，走下那小屋所在的洼地里去了。那是有一个门和两个小窗的粗陋的石造的小屋。

（六）西班牙

"早安。"他一进门就说。

"啊，喀拉斯么。"里面有人答应了。

他坐在一张桌子旁等着。一个女人到他面前放下一张盘子，将刚刚离火的锅子里的东西，舀在盘里。烧炭人一声不响的就吃起来了。还将玉蜀黍面包的小片，时时抛给那在他脚边擦着鼻子的狗吃。

小屋的主妇看了他一眼，于是对他说道：

"喀拉斯，你知道大家昨天在村子里谈讲的话么？"

"唔？"

"你的表妹，许给了你的毕扇多，住在市上的那姑娘，听说是就要出嫁了哩。"

喀拉斯漠不关心的模样，抬起了眼睛，但就又自吃他的东西了。

"可是我还听到了还要坏的事情哩。"一个烧炭人插嘴说。

"什么呀？"

"听说是安敦的儿子和你，都该去当兵了哩。"

喀拉斯不答话。那扫兴的脸却很黯淡了。他离开桌子，在洋铁的提桶里，满装了一桶烧红的火炭，回到自己做工的地方。将红炭抛进窑顶的洞里去。待到看见了慢慢地出来的烟的螺旋线，便去坐在峭壁紧边的地面上。就是许给自己的女人去嫁了人，他并不觉得悲哀，也不觉得气愤，毫不觉得。这样的事情，他就是随随便便。使他焦躁，使他的心里充满了阴郁的愤怒的，是那些住在平地上的人们，偏要从山里拉了他出去的这种思想。他并不知道平地的人们，然而憎恶他们了。他自问道：

"为什么硬要拖我出去呢？他们并不保护我，为什么倒要我出去保护他们呢？"

◆ 名师释疑 ◆

漠不关心：形容对人或事物冷淡，一点儿也不关心。

名师指津

写出了普通劳动者的辛酸与苦恼，同时也反映出老百姓在残酷战争面前的愤怒与无奈。

59

于是就气闷，恼怒起来，将峭壁紧边的大石踢到下面去。他凝视着那石头落在空中，有时跳起，有时滚落，靠根压断了小树，终于落在绝壁的底里，不见了。

火焰一冲破那用泥和草做成的炭窑的硬壳，喀拉斯就用泥塞住了给火冲开的口子。

就是这模样，经过着始终一样的单调的时间。夜来了，太阳慢慢的落向通红的云间，晚风开始使树梢摇动。

小屋子里，响亮着赶羊回来的牧人们的带着冷嘲的叫嚣，听去也像是拉长的狂笑。树叶和风的谈天开始了。细细的流水在山石间奔波，仿佛是无人的寺里的风琴似的，紧逼了山的沉默。

白天全去了，从山谷里，升起一团影子来。乌黑的浓烟从炭窑里逃走了，还时时夹着火花的团块。

喀拉斯凝视着展开在他的前面的深渊。而且阴郁的，一声不响的，对着于他有着权力的未知的敌人，伸出了拳头；为要表示那憎恶，就一块一块的向着平野，踢下峭壁紧边的很大的石块去。

（鲁迅　译）

名师指津
流水的喧嚣和山的沉默形成对比，就如牧人们的闹和喀拉斯的静的对比。

移　民

〔西班牙〕略萨

马里奥·巴尔加斯·略萨（1936—），西班牙著名作家和诗人，也拥有秘鲁国籍。1957年第一次出版短篇小说《领袖》和《祖父》，标志着作家文学生涯的开始。1971年略萨以研究哥伦比亚作家加西亚·马尔克斯的博士论文《加西亚·马尔克斯：弑神者的历史》获西班牙马德里大学文学哲学博士学位。现在美国普林斯顿大学任教。

(六)西班牙

其创作丰富，小说、剧本、散文随笔、诗、文学评论、政论杂文，也曾导演舞台剧、电影和主持广播电视节目及从政。主要代表著作有舞台剧本《印加王的逃遁》（1952）、短篇小说《挑战》（1957）、《首领们》（1959）、《城市与狗》（1963），尤其《城市与狗》一书奠定了其卓越的国际声誉；长篇小说《绿房子》（1965），荣获1967年首届罗慕洛·加列哥斯国际小说奖。他诡谲瑰奇的小说技法与丰富多样而深刻的内容，被誉为"结构写实主义大师"。于2010年获得诺贝尔文学奖。

> **名师释疑**
>
> 诡谲瑰奇：奇异，奇怪，变化多端，令人捉摸不透。
>
> 堂吉诃德：为西班牙作家塞万提斯小说《堂吉诃德》中的主人公。
>
> **名师指津**
>
> 作者由年轻夫妇大费周折的移民经历引出后文的内容，进而在后文中对移民这一问题阐述了自己的见解，分析透彻而深刻。

  几个朋友请我去拉·曼却的一座庄园过周末。他们在那里把一对负责管理和打扫房子的秘鲁夫妇介绍给我认识。那对夫妇很年轻，是朗巴耶克人，他们对我讲述了他们来西班牙前后的曲折经历。西班牙驻利马的领事馆拒绝给他们办签证。在这种情况下，一家服务社为他们办了去意大利的签证（不知是真还是假），让他们花了一千美金。另一家服务社把他们送到了热那亚，带他们穿过了蓝色海岸，冒着严寒，顺着羊肠小路徒步越过比利牛斯山，费用比较便宜，仅花了两千美金。他们已在堂吉诃德的故乡生活了几个月，渐渐习惯了这个新国家。

  此后过了一年半，我又在那个地方见到了他们。他们对那里的生活更加习惯了，这不仅因为生活了很长时间，而且也因为他们在朗巴耶克的十一位家庭成员也以他们为榜样，来到西班牙安了家。每个人都有工作，比如当家庭服务员。这使我想起了另一个几乎同样的故事。那是几年前我从一个非法住在纽约的秘鲁女人那里听来的。当时她在那里的现代艺术馆咖啡部负责打扫卫生。她经历过一次真正的长途旅行：从利马乘公共汽车到墨西哥和

"脊背浸湿"的人们一起渡过格兰德河到美国。她高兴地看到时代变了，因为不久前，她母亲不是历尽千辛万苦从背静的小门进入美国，而是从大门进入的。就是说，她在秘鲁弄到几个假证件，在利马搭上飞机，到达肯尼迪机场。

这些人和千百万跟他们一样的人，从世界上存在着饥饿、失业、压迫和暴力的各个地方秘密地越过和平、繁荣、富有的国家的边界，这种做法无疑是违法的，但他们是在行使一种天然的、合乎道义的、任何法规或条例都休想扼杀的权利：生活、生存，摆脱遍布半个地球的野蛮政府让人民遭受的地狱般的苦难的权利。既然道义的关怀微不足道，那些穿越直布罗陀海峡、佛罗里达的岛屿、蒂华纳河的铁丝网或马赛码头去寻找工作、自由和未来的勇敢男女，就应该受到热烈欢迎。但是，鉴于求助人类同情心的理由不能感动任何人，那么另一种途径也许更有效，更实际。最好是接受移民。尽管非常不愿意，因为就像我在本文开始举的两个例子表明的那样，无论受不受欢迎，移民都无法阻止。

大家如果不相信我的话，就请问世界上最强大的国家。让美国告诉你，为了对墨西哥、危地马拉、萨尔瓦多、洪都拉斯等国的人关闭金色的加利福尼亚和炎热的得克萨斯的大门，对古巴、海地、哥伦比亚和秘鲁人关闭佛罗里达的祖母绿色海岸，它花了多少钱；而这些国家的人又怎样愉快地躲过海陆空所有的巡逻队，从空中或地面越过耗费昂贵的代价架设的铁丝网，甚至当着受过高级训练的移民官员的面，大批地、一天比一天多地拥入美国。

反对移民的政策注定要失败，因为这种政策永远挡不住移民，相反却起着破坏有关国家的民主制度，赋予排外主义和种族主义合法的外表，为独裁制度敞开城门的恶劣作用。在法国，像民族阵线那样一个专门建立在移民迷信基础上的法西斯政党，几

▶ **名师释疑** ◀

微不足道：非常渺小，不值得一提。

名师指津

这是作者得出的一个结论，紧扣文章主题。移民是一个国际问题，引发许多人关注，在这里，作者提出了自己的观点。

（六）西班牙

年前只是民主的一个微不足道的<u>赘疣</u>，而今天却成了一支几乎控制着五分之一选民的"强大的"政治力量。在西班牙，不久前我们目睹了一些违法的非洲穷人的遭遇。为了把他们赶走同时避免他们闹事，警察对他们施用了麻醉剂。当局最初这样做，后来则是对有害的外国人进行著名的猎捕，就像土耳其对亚美尼亚人、多米尼加共和国对海地人或德国对犹太人实行灭绝一样。

移民是不可能用警察措施挡住的，原因很简单：因为他们要去的国家具有比阻挡他们的障碍更强大的诱惑。换句话说，因为那里有他们要找的工作。如果那里没有工作，他们就不会去，移民虽然走投无路，但是他们并不愚蠢。他们不会以无限的痛苦为代价离乡背井，到国外饿死。

他们像住在拉·曼却的我那些朗巴耶克同胞们一样来到西班牙，因为那里有任何一个西班牙人（美国人、法国人、英国人等等亦然）因报酬低、条件差而不愿意干的工作，这和六十年代拥入德国、法国、瑞士、荷兰的数十万西班牙人完全一样。

<u>移民不抢夺工作，而是创造工作</u>，这是被占据统治地位的魔鬼扼杀的第一个移民法则。移民始终是一个进步因素，永远不是落后因素。历史学家 J. P. 泰勒解释说，倘若联合王国不是一个没有国界的，凡是想在那里存钱或取钱、开办企业或关闭企业、招工或谋职的人都可以定居的国家，那么使英国变得强大的工业革命是不可能发生的。十九世纪的美国和三四十年代阿根廷、加拿大和委内瑞拉奇迹般地大发展，也适逢这些国家对移民实行门户开放政策的时候。

史蒂夫·福布斯在竞选共和党总统的演说中提到了这一点。他在他的纲领中大胆地建议重新实行美国在其历史上最光辉的年代实行过的纯粹而简单地开放国门的政策。曾经勇敢地支持这个

◀ **名师释疑** ▶

赘疣（zhuì yóu）：该词基本意思是指皮肤上长的肉瘤，也用来比喻多余无用的东西。

名师指津

很明显，作者认为移民为被移民国创造工作，带来好处，作者支持移民这一政策。

名师指津

移民问题是西方世界普遍存在的一个社会问题。作者针砭时弊地指出了盲目粗暴地阻止移民是错误的决定，这样做不仅劳民伤财而且徒劳无益。移民也是在迫于无奈的情况下才选择移居异国，他们无非是为了使自己摆脱困苦和死亡。

最纯粹的自由开放建议的杰克·肯普参议员和多尔参议员现在是副总统候选人。如果政策具有连续性，就应该在征服白宫的运动中维护开放政策。那么，没有任何办法阻止或限制从第三世界各个角落涌向发达世界的移民浪潮吗？除了用原子弹摧毁全球五分之四的受困地区外，没有任何办法。为了使边境风雨不透而花费不幸的纳税人的钱财来制定愈来愈昂贵的方案，是完全徒劳的，因为没有一个成功的例子证明这种镇压政策是有效的。相反却有一百个例子证明，当人们试图保护的社会吸引邻国的穷人时，边界就会变成容易进入的地方。当吸引移民的国家由于发生危机或处于饱和状态而不再吸引人的时候，或者当产生移民的国家能够提供工作和改善居民生活的机会的时候，移民就会减少。今天，加利西亚人留在了加利西亚，穆尔西亚人留在了穆尔西亚，因为和四五十年前不同，加利西亚人和穆尔西亚人已经可以体面地生活，可以让子嗣有一个比在阿根廷草原上忍受烈日暴晒或在法国南方收摘葡萄好些的未来。爱尔兰人也是这样，他们不再怀着去曼哈顿当警察的梦想前往美国，意大利人也留在了意大利，因为他们生活在本国比去芝加哥做比萨饼更美好。

为了减少移民数量，有一些心肠善良的人建议现代国家的政府实行对第三世界慷慨帮助的政策。乍一看，这种帮助似乎是利他主义的。而事实上，如果把这种帮助理解为对第三世界的政府的帮助，这种政策就只能使问题变得更严重，而不能从根本上解决它。因为给予莫布图·德尔·萨伊雷类匪徒的帮助，或给予尼日利亚军人总督或给予任何一个非洲独裁政权的帮助，只能使那些专制暴君在瑞士的私人存款膨胀，也就是说，只能使腐败现象日趋严重，一点儿也不利于受害者。如果给予帮助，应该把它仔细地导向贫困阶层，并且每个环节都要受到监督，以便达到预期

(六)西班牙

的目的,即创造就业机会,发展经济,远离国家的毒瘤。

实际上,现代民主国家能够给予贫穷国家的最有效的帮助,就是敞开它们的贸易门户,接受贫穷国家的产品,鼓励交换,实行有力的鼓励政策,因为和拉丁美洲一样,专制主义和独裁政治是非洲大陆改变那种贫困命运面临的最大障碍。

对那些认为移民活动——特别是黑人、混血人种、黄种人或黄铜色人的移民——预兆着西方民主国家将面临一种不确定的未来的人来说,这篇文章似乎显得很悲观。但是,对类似我这样的人来说却不然,我相信,任何色彩和味道的移民活动,都是一种赋予生气、活力和文化的针剂,有关国家应该像接受祝福一样接受它。

(朱景冬 译)

老鹰和牧羊人

〔西班牙〕加夫列尔·米罗

加夫列尔·米罗(1879—1930),西班牙小说家、散文家。代表著作有长篇小说《我朋友的故事》(1908)、《墓地樱桃》(1910)、《国王的祖父》(1917)、《沉睡的烟雾》(1919),散文集《岁月与里程》等。

一只老鹰总跟随着羊群。它的叫声回荡在白天的蓝色天空下;羊群停下来望着老鹰;它有时飞得那么低,可以听见它的翅膀和喙的声音,它的整个影从羊群的皮毛上掠过。

牧羊人躺在了草地上;羊群挤在太阳反射热强的多岩石的地

名师指津
老鹰总跟随羊群,妄图袭击羊群,但羊群有牧羊人的保护。它飞过时可以听见翅膀的声音,足见其欲望的膨胀。

方。整个低地上充满阳光；发红的耕地、嫩绿的树木、关闭的果园、废墟似的房屋和淹没在烟雾蒙蒙的地平线上的道路……

牧羊人想："我看到的世界比我生活中能够到达的世界多，世界却看不见我；如果现在主人的儿子来这里，我要把他扔到悬崖底下去，离开平地这么远，谁也不会知道的。"

他把后颈埋在高高的草里，愉快地转动着身躯；一种想睁开眼皮似的不安心情啃咬着他的额头，他抬起眼睛。老鹰抓住一座峭壁的角，转过身来望着他。牧羊人赶它，骂它，像发怒的人那样，冲它挥拳头。他的弹弓噼啪响，他的牧棍挥得嗡嗡叫。老鹰向高空飞去。

当山的影子躺在耕地上时，牧羊人开始赶拢他的羊群；大猎犬为小羊羔们带路，去围赶落在后头的羊。老鹰在上空缓慢地滑翔，为羊群警戒着道路。

对人来说，孤独充满了那只金黄色的瘦老鹰的双眼的怒火。他觉得他的猜想是对的。不是有爱上男人的雌鸽和爱上女人的雄羊羔吗？牧羊人和老鹰却互相憎恨。

"现在它在哪里望着我呢？"牧羊人夜晚问自己说。他在牲口栏附近下了几个夹，在上面放了诱饵腐肉、肉块甚至还有他吃的面包。

一阵骨头、翅膀、咽喉的颤抖声把他惊醒。

狐狸、乌鸦、狗、猫头鹰……在夹子上扭动；牧羊人用他的草鞋和双手抽打它们。他憎恨的不是它们；正因为不是它们，所以他才憎恨它们的力量，并且抽打它们。一天早晨，它的笑声和他的叫声在山谷里回荡。老鹰扇动着翅膀，既不幸又壮烈，它的爪子在夹子上流血。牧羊人坐在它旁边，等待着太阳升起来，好开心地瞅瞅它；他想钻到它那一双像圆圆的火炭似的一动不动的

名师指津
通过对牧羊人的动作行为的描写，充分展现了他对老鹰的厌恶、痛恨之情，他怒不可遏地恫吓老鹰，甚至希望除之而后快。

名师释疑
颤（chàn）抖：哆嗦；发抖。

(六) 西班牙

眼睛里去；在那种火光里跳动着一种凶猛的、威严不驯的冷漠。要是像啃水果那样咬它的眼睛，它们一定会爆裂的；倘若牧羊人死在毫无遮拦的山上，老鹰也会这样对待他的。但是老鹰眼睛发花，不知道他在望着它。他毫不留情地望着它。老鹰微微地张开发抖的喙子；它的翅膀重叠着，像几个不幸的人把美丽的长袍像十字架一样背在背上。大猎犬跑来，围着它转，冲它叫，嗅它的喉咙。老鹰扬着头，面朝着蓝天．就像船头面对着地平线。它那火红的眼睛里反射着狗、牧羊人和乡村早晨的令人愉快的天空。

"我怎样杀它呢？"牧羊人想。他怎样杀它才能拖长它死亡的时间？这时大猎狗和主人惯犯似地彼此望了望，猎犬发动了进攻。它不能接近被俘的鹰，它的舌头像受伤的猎隼一样颤动，颌骨吱嘎作响。"你不敢碰它！"主人心里对狗说，一面大笑着。的确，它不敢碰它。伴随着鹰的强有力的呼吸，竖起来的羽毛和它的不祥怒火，鹰周围的气流嗞嗞作响。牧羊人气得额头上的青筋都跳了出来，因为他也不敢抓它、进攻它。他突然站起来，回茅屋去了。让大猎犬留在那里守着那只鹰。它不可能逃走，但是他不愿意让它独自休息哪怕是一瞬间。他立刻回来了，拿来一副旧笼头。

在这之后，人们纷纷赶了来：一个农夫，一位老巫婆，一个路过的脚夫，一个去农村小学上学的男孩。大家问他：

"这就是那只总是像你的灵魂一样跟着你的老鹰吗？"

男孩希望把老鹰送给他，让他课间休息时取乐。老巫婆要求他给她一根飞羽、一块趾甲和肠系膜，用来治疗目眩和疾病。大家围着老鹰，为它戴狗笼头，为它编铁丝笼子。然后把它从夹子里取下来，仿佛它已变成一只大雁。牧羊人揪住老鹰一个脚趾，把它折断，扔给了狗。猎狗蹿过去叼起了它，但是立刻吐了出来，

名师指津

老鹰和牧羊人是两个对立的角色，一个妄图吃掉羊群，一个保护羊群。当老鹰落在牧羊人手里，两者终于有了一次交锋，也带来后续的精彩情节的展开。

名师释疑

肠系膜：是悬吊、固定肠管的腹膜的一部分。

像感觉到整个老鹰一样躲开了它。牧羊人凑到鹰的眼前。在笼头的铁网里，鹰的脑袋现出一副不幸的可怕模样，眼睛里闪着那么慈善的目光，牧羊人躲开了它，因为距离这么近，那副笼头使他感到不安，仿佛是他戴着那副勒着他的骨肉的笼头。

大家抱起老鹰，传来传去，摸它的胸脯，吹它的羽毛，看它那光秃的皮肤上的虱子；他们捏住它的嘴，不让它喘气；他们感觉到它的眼皮的跳动；他们抓挠它的爪子上的硬茧。老鹰全身发疯地抖动；它响亮地拍击了一下翅膀，在阳光下跳了起来。

人们说：

"它会像一条狗，一条天上的、山上的狗一样死去的。"

"它会像一个人在幸福的时候渴死。"

人们望着它，笑着。老鹰戴着狗的笼头，光荣而自由地飞上了蓝天。

（朱景冬　译）

名师指津

牧羊人终于找到了让老鹰痛苦死去的方法，即受人凌辱，戴着笼头、拔掉脚趾，让它失去飞翔的能力。但老鹰却有作为一只鹰的骄傲，它最终戴着笼头飞上蓝天，它可以自由而光荣地死去了。

名师赏析

西班牙散文作家们将深湛的思想、极为真实的感情都十分自然地写出来，显得如行云流水一般自然，毫无精心雕琢的痕迹；但情节却又是那样委婉曲折，匠心独运，真是炉火纯青。西班牙散文为世界散文树立了一座高峰。

（六）西班牙

学习借鉴

好词

弥漫　寂寥　漠不关心　黯淡　微不足道

好句

＊夜色退去了。苍白的月亮，渐渐的出现在东方的空中。太阳的最初的光线，突然从云间射了出来，像泛在微暗的海中的金丝一样。

＊再望过去，就看见群山的折叠，恰如凝固了的海里的波涛，有几个简直好像是波头的泡沫，就这样的变了青石了。但别的许多山，却又像海底的波浪一般，圆圆的，又蓝，又暗。

＊小屋子里，响亮着赶羊回来的牧人们的带着冷嘲的叫嚣，听去也像是拉长的狂笑。树叶和风的谈天开始了。细细的流水在山石间奔波，仿佛是无人的寺里的风琴似的，紧逼了山的沉默。

＊老鹰微微地张开发抖的喙子；它的翅膀重叠着，像几个不幸的人把美丽的长袍像十字架一样背在背上。

思考与练习

1.《移民》主要表达了作家怎样的思想？

2.《老鹰和牧羊人》中，为什么说鹰带着"不祥怒火"，它象征着什么？牧羊人象征着什么？

（七）保加利亚

> **名师导读**
>
> 保加利亚散文的总主题是唤起群众反对阶级统治。保加利亚作家进行自我剖析时，不仅仅限于单纯的自谴自责，而是以这种形式引发更多的人们进行自我反省。但是他也并不是要求全民族共忏悔，因为他明白这些人不能承担这场历史悲剧的责任，他们是受害者。

赤脚的孩子

〔保加利亚〕斯米尔宁斯基

斯米尔宁斯基（1898—1923）保加利亚优秀的无产阶级革命诗人。20世纪20年代初开始文学创作，用诗歌颂扬人民的斗争和业绩，表达对劳苦大众的同情。由于贫困和劳累，他染上了肺病，不幸过早地离开了人世。他一生创作了500多首诗歌和许多散文，收在《总有一天》《冬夜》《政治的冬天》《会议的流行病》等多种作品集里。季米特洛夫曾称他是"保加利亚的马雅可夫斯基"。

（七）保加利亚

黄昏了。慢慢地，像是偷偷走着，紫丁香色的阴影落了下来，罩着森林。巨大的日轮在黄金和暗红的血的急流中快烧着了。大路像是死了的灰色的蛇，在静静的田野里躺着。看哪，那些赤脚的来了。三个，四个，六个。他们拖着装满了木柴和枯枝的小车，他们绷紧了他们的年轻身体上的筋肉。帽檐撕破了的帽子，打着黑色的补丁的灰色的裤子，他们的血管——紧张得像船上的桅索一样。额上流着汗。城市又那么远！幼小的奴隶们，在你们的穷苦的羁轭之下，孩子们眼睛里燃烧着老人的安静的悲哀，城市很远！很远！许多惬意的人要在你们身边走过，他们的汽车都要在你们身边开过去，他们一生中从来不曾尝过苦难的味道——他们，使你们受苦的他们。他们知道什么？在佳姆－戈利雅的大饭店里，乐队奏着乐，在别墅里，那么舒服，又那么开心！饥饿这黑鬼并不向那里伸手，烦恼也不在那里织着涂胶的网。他们知道什么？……

"妈妈，这些孩子为什么拖着车子？"一个在汽车里的小小的惬意的人问着。

"已经是冬天了，他们拖木柴去。"

"他们不觉得太重吗？"

"不，亲爱的，他们已经习惯了。"

那些赤脚的停下了，喘着气，满脸怨恨地望着，又拖起了他们的小车。他们用袖子揩去额上的汗，脏黑的脖子上的血管涨大了，又向前走去。一阵阵的灰土掩盖了他们，像生命一样灰色的、窒息的灰土……在第二辆车子的木柴上，坐着一个小小的助手——蓝眼睛的小姑娘。血，暗红的血迹，在她的小脚上凝结了。但是，她只望望天，望望田野，微笑着。你对谁笑，金发的小奴隶呀？对苦难……对你的洁白的、天真的灵魂，你笑着。你的青

名师指津

将大路比作"灰色的蛇"，这个生动而形象的比喻显然与穷苦孩子的命运有关，同时也渲染出一种沉重而悲凉的氛围。

名师释疑

羁轭（jiē）：亦作"羁厄"。束缚；控制。

惬（qiè）意：满意；称心；舒服。

名师指津

面对苦难，赤脚孩子却只望天微笑，这与坐在汽车里的孩子形成了贫富的鲜明对比，表达了作者对这些赤脚孩子的怜悯、赞美之情。

71

名师指津

一个是"黑暗的苦难"世界，一个是"虚荣的永远的欢乐"世界。两个世界孩子们的生活的鲜明对比让作者内心感到异常沉重，"黑暗的苦难"世界是多余的，不应该存在，不该继续的。

春用了温柔的、天鹅绒一样的眼睛望着。可是明天呢？明天，生命的灰色的急流就卷去了你的青春，也一样卷去了你的微笑。而且，拖着小车，这里看到黑暗的苦难，那里看到虚荣和永远的快乐，你就不再微笑了。阴影要爬上你的天真的脸，湿润的眼睛要露出仇恨，你就跟着你的单薄的哥哥们，举起了你的小小的、黑黑的、握得紧紧的拳头：

"两个世界！一个是多余的！"

（孙用　译）

名师赏析

保加利亚散文风格朴实自然，作家不是为写文章而写文章，而是长年积蓄的爱憎悲欢、深切感受，不得不发！而一旦喷发，则随情而走，随物赋形，常行于当所行，常止于不得不止，自然亲切，无迹可寻，犹如真正是百炼钢化为了绕指柔。

学习借鉴

好词

羁轭　惬意　窒息　凝结　单薄

(七)保加利亚

好句

　　* 黄昏了。慢慢地,像是偷偷走着,紫丁香色的阴影落了下来,罩着森林。巨大的日轮在黄金和暗红的血的急流中快烧着了。大路像是死了的灰色的蛇,在静静的田野里躺着。

　　* 阴影要爬上你的天真的脸,湿润的眼睛要露出仇恨,你就跟着你的单薄的哥哥们,举起了你的小小的、黑黑的、握得紧紧的拳头。

　　* 两个世界!一个是多余的!

思考与练习

1. 为什么说"阴影要爬上你的天真的脸,湿润的眼睛要露出仇恨"?
2. 为什么说"两个世界!一个是多余的!"?

（八）美　国

> **名师导读**
>
> 　　美国散文富于哲理和诗情画意。美国杰出的散文家的语言又各具不同的风格：赛珍珠的散文语言细腻深刻；马丁·路德·金的散文语言气势磅礴；威廉·福克纳的散文语言朴素优美。让我们一起阅读下面的文章，欣赏美国散文语言的魅力。

中国之美

〔美〕赛珍珠

名师释疑
普利策小说奖：是美国最著名的文学奖项之一，是根据美籍匈牙利人约瑟夫·普利策的遗愿设立的普利策奖的其中一个奖项，只颁给美国国籍的作家，从1917年开始颁发。

　　赛珍珠（1892—1973），美国作家，以中文为母语。1922年在庐山开始尝试写作，1931年发表长篇小说《大地》。她的作品和生活有紧密联系，写有小说、传记、儿童文学、政论、广播剧和文艺评论，主要代表著作有《大地》（1931）、《儿子们》（1932）、《分家》（1935）、《放逐》（1936）。尤其借其小说《大地》，1932年获得普利策小说奖；1938年获诺贝尔文学奖。

(八)美 国

美国秋天的树林是美丽的,迷人的,唯有一个生长于异国他邦的美国人,才能完全领略。令我不解的是,在我回美国之前,竟然从未听到有人谈起过它。我先前一直生活在中国,那儿一片宁静,风景如画,自有其独特的可爱之处:清瘦的翠竹摇曳生姿,荷塘倒映出庙宇那翘起的飞檐,大地一片郁郁葱葱。亚热带明媚的阳光和繁星密布的夜空,又使它显得千般的娇、万般的柔。夏去秋来,金菊盛开,但转眼又是萧瑟西风,黄花憔悴,一片苍凉。有道是:残秋不堪忍,蓄芳待来春。树木飘尽落叶,只留下灰暗的棕色树丫,在风中瑟瑟地抖动。几乎是一夜之间,大地就披上了素净的冬装。一切都是灰蒙蒙的。苍凉的天地间,蜷伏着几座小小的农家土屋,一切都没有了生气。人们也都裹进了深蓝色和灰色的棉袍中,失去了往日的活力。

这样,漫游东方之后,我踏上了美丽的英国原野,夏末的淡紫与黄褐的色调,令我神荡意迷。道道树篱,即使在樱草时节也不会更可爱。那一片如醉如梦的恬静,使人忘却尘世的烦恼,而沉醉于静谧的良田和座座古老的灰色石房,沉醉于静止的大气中依依上升的炊烟。英格兰大地笼罩着一片优美安逸的气氛,真不啻劳累过后酣然入梦。

带着这心绪,我横渡大西洋,直抵纽约城。喧嚣的纽约显示出的骇人的活力,除了坐惯了中国那慢悠悠的电车、黄包车和手推车的人,还有谁能感受得到呢?大街上,汽车一辆接着一辆,你刚躲过一辆,马上又有千百辆开过来——横过马路也成了惊心动魄的历险。相比之下,中国那些拦路抢劫的土匪也显得温和了。高架铁路上,火车隆隆驶过,令人头晕目眩;还有显然是宇宙腹部发出的地下呼啸。我被打着哈欠的地球迷住了,它在一个地方把人成百上千地吞将下去,又在数里以外的某个地方吐将出来,

名师指津

作者将中国不同季节的景色进行了简洁的描绘,通过生动的拟人修辞、诗意化的语言风格描写了景物的不同特点,使读者深刻地感受到这些景色独有的美。

名师释疑

不啻(chì):指不只;不止;不仅仅;不亚于。

惊心动魄:使人神魂震惊。原指文辞优美,意境深远,使人感受极深,震动极大。后常形容使人十分惊骇紧张到极点。

而这些人依然是匆匆忙忙，烦躁不安。沉闷的地铁让我不堪忍受，无轨电车也让我紧张万分。每当我抓紧电车里的吊带时，我就不无遗憾地忆起昔日在中国的情形：手推车缓缓前行，路旁几池碧水，鸭儿悠然划动双蹼；我不时探身摘一朵野花，扔给那些光着黑黝黝的身子在尘土中滚爬的孩子们。

纽约惊醒了我温馨的梦，美国秋林又让我惊叹不已。

一周以后，当我在弗吉尼亚一片树林里散步时，我的狂喜之情无法言表。在此之前，从未有人告诉过我林中景色有多么奇美。当然他们也曾说过："你知道树叶在秋天都变了颜色了。"但这又能给人什么印象呢？我原以为不过是些淡黄、黄褐或淡淡的玫瑰红罢了。然而，我却看到了一片生机盎然、五彩缤纷的景象，令人难以置信的粗犷、艳丽、充满野性的活力。黝黑的峭壁下，一棵参天大树拔地而起，一株火红的藤蔓攀缘而上，俨然一位精神抖擞的哨兵——我永远也不会忘记这情景。

枫林中曲径通幽，犹如通往天国黄金大街的小路。漫步而去，头顶上枝丫交错，橙黄、粉红、猩红、深褐、淡黄……色彩纷呈。林中徜徉，仿佛踱在一块鲜艳的地毯上，这是北京地毯也没有的鲜艳，是以帝王之富也难以买到的色泽。那些细藤、幼草，夏日里想必还是柔弱娇小的吧，现在却也不甘寂寞，争奇斗妍。

太美了！地球上再也没有能与这相媲美的了！然而我却怀疑，年复一年，美国人是否能欣赏这景观。不管怎样，美国秋林让我叹为观止。北极光不会让我吃惊，虽然这要在以后才能证实；维苏威火山也不会让我吃惊，即使有一天，天空随着加百利的喇叭吹出的曲调消失不见了，我也怀疑我是否还会吃惊。平生第一次散步美国秋林，我就被这产生于幽静之物的美深深打动了。我不相信世上还有别的什么，能给我以更深刻的美的启示。

(八)美　国

　　我又一次陷入了对美的冥想之中。寻找世间万物的可爱之处，思考各个民族的天性是怎样以不同的美的方式自然流露出来的，这一直是我引以为乐的事情，也就是说，我的注意力不在那些旅游者趋之若鹜的名胜，因为在那些游览胜地很少能看到那个国家的普通人民。

　　我不是在罗浮宫，而是在一个老妇身上找到法国的。她身穿蓝布长裙，头戴白色纱巾，跪在叮咚作响的小溪旁捣衣。她是那样任劳任怨，那样贤慧。她突然抬起头冲我笑了，笑出了无处不在、无时不有的幽默和风情。一张爬满皱纹的脸上，那对永远年轻的眸子，光波流动，充满活力——我几乎看呆了。

　　人迹罕至的阿尔卑斯山脉，白雪皑皑，在蓝天的映衬下，显得格外雄伟壮丽，但它并没有真正体现出瑞士人民的特征。瑞士人民吃苦耐劳，平和沉稳。在那块面积不大的土地上，梨树要小心地靠墙栽上，葡萄藤要认真修剪，不让它疯长，结出的串串果实也要仔细地数来数去。那儿的一切小巧整齐，自有其独特的美。巍峨的少女峰，天长地久地耸立在那块不大的土地上，但我却怀疑，瑞士人一年到头能否对她看上两眼。

　　真奇怪！不知怎的，只有当我的思绪与养育我的祖国——中国联系在一起时，我才能这样有条不紊地思考各个民族的差异。

　　不知有多少外国人，刚走下从上海开来的火车，结束了他们到中国的首次旅行后，就对我说："……嗨，中国可不如日本美！"

　　我只是笑笑，不想马上回答，因为我知道中国之美。

　　日本给人的感觉是精美。这不仅在于它那可爱的瓷器、华丽文雅的和服和那些噼啪噼啪急速行走的迷人的孩童——这些尽人皆知；它的精美也不仅仅在于山坡上的小块梯田，不在于那些整洁但不坚固的房屋和那仙境般的小小的生活乐园——这

❀ 名师释疑 ❀

趋之若鹜：本义是像鸭子一样成群跑过去。比喻许多人争着去追逐某些事物。多为贬义。

有条不紊：有条理，有次序，一点儿不乱。

名师指津

两个字足以概括日本给作者带来的感受，再以瓷器、和服等日本特色来解释这两个字。

77

些举目可见。

　　日本伟大的美存在于你和我，作为匆匆过客，在走马观花之间很难发现的地方。

　　正是这种美使一个劳累了一天的苦力，放下扁担，随便吃一些米饭加鱼，便到那手帕大的花园里忙碌起来。他们神情专注地干着，轻松愉快地干着，完全沉浸在为自己也为家庭创造美的欢欣之中了，全家人都围在他身边，钦佩地看着。日本人家家都有花园，如果命运不肯赐给一个穷人一平方英尺土地的话，他也会花上一部分钱，买上一块大大的地盘，几个小时辛苦而又欢愉的劳动之后，他便逐渐有了一个微型花园：假山、凉亭、一池清水。几片青苔，权做草坪；一些小草，且做树木；再把羊齿植物塞入石缝，便有了一片灌木丛。

　　也正是这种美，使得一个日本客栈主人，为了让客人舒心，每天都在房间里更换一件精致的摆设。今天，他从珍藏中挑出一幅水墨画，画面淡雅逼真，一只小鸟正立于芦苇之上。明天，你屋里又会有一个深蓝色的瓷瓶，瓶里插上一枝怒放的雪梨，放得恰到好处，让你禁不住要参悟佛道了。有时，出现在你房间里的会是一幅旧地毯，褪了色的毯面上，一对手提灯笼的人正在行进，看上去古怪而有趣。

　　最近，我听到许多议论日本的闲语。有些人甚至说日本人连普通人的品质也不具备。我不敢妄论，我要等到有人为我把无比的邪恶和对美的温柔的爱这两种品质融在一起时再发表意见。这种温柔的爱，在日本的穷人、富人身上几乎都能找到。人们穷毕生精力，自发地追求着美，不是出于对金钱的考虑，而是出于对美的渴求。倘若美即真是正确的，那么，难道这里面就没有一点真吗？

　　这种在日本比比皆是的优雅美，在中国当然并非随处可见。

名师指津
用日本的优雅美，突出中国美在于它的随性，甚至有点粗俗，但这并不妨碍作者对中国美的热爱和赞美。

(八) 美 国

因此，我不能责备那些刚看了中国一眼就断言她丑陋的朋友们。无疑，生活的拮据让穷人们时刻都在想着如何填饱肚子，在普通百姓的生活中，美少得可怜。

有一天，我的园丁正在花园翻地，我问他："你愿不愿意要点这种花籽种在你房前？"

他不信任地看了我一眼，用力掘着地："穷人种花没用，"他说，"那都是供有钱人玩赏的。"

"不错，但这并不要你花钱。你看，我可以给你几种花籽，如果你那片地不肥，你可以从这儿的肥堆上弄点肥料。我会给你时间让你侍弄它们的。种点花会让你心神愉快的。"

他俯身拾起一块石头扔了出去，"我要种点菜。"园丁的回答很干脆。

<u>无疑，中国的穷人们干什么都讲求经济实惠。</u>我也曾在内地某处住过一段时间。在那儿，我问一个农妇，如果哪一年收成好，有盈余的话，吃穿用是怎样安排的，是把余钱存起来呢还是花掉。

回想起过去的好年景，那农妇笑了，她兴奋地说："我们就多吃点！"

在一个土匪遍地的国家，他们没有把自己那点积蓄存入可信赖的钱庄，而是统统都吃进了肚里，因为那儿是最安全的地方，至少没有人能把它们抢走了！天知道他们的身体是否会因此好一点。

逛一下中国的城市，它们的丑陋会使你<u>大吃一惊</u>——到处拥挤不堪，又脏又乱；街道上臭气熏天，令人作呕。病病歪歪的乞丐，蓬头垢面，使出他们卑鄙的生财手段，可怜巴巴地哀求着，过着寄生虫的生活。几只癞皮狗在胆怯地溜来溜去。倘若你朝商店或居民家里扫一眼，你会发现一切都以实用为原则：桌子没有上油漆，凳子在打造时显然是没有考虑到要让人们坐上去感到舒服，

名师指津

通过对各民族天性差异的思考，描写了各个民族自然流露出来的不同的审美方式。作者从法国老妇人身上看到的是一个任劳任怨、贤良而又有幽默、风情的民族，从瑞士人民身上看到的是一个吃苦耐劳、平和沉稳的民族，从日本人身上看到的是一个对美充满渴求、处处都是优雅的民族，而从中国人身上看到的是一个处处讲求实惠的民族。同时，通过这些描写，又使各个民族形成鲜明的对比，从而揭示出中国民族文化的本质。

名师释疑

大吃一惊：形容对发生的意外事情非常吃惊。

79

箱子、床、乱七八糟的破旧玩意儿，还有原始的炊具——所有这些都挤在那一点点小得令人难以置信的空间里，让人心烦意乱，丝毫没有对美中所能体现出的精神财富的追求。

前几天，我站在江西的一个山顶上，放眼百里大好河山，极觉心旷神怡——阳光下，溪水波光潋滟；长江悠悠，蜿蜒入海，恰似一条黄色大道。绿树成荫，村舍掩映。块块稻田，绿如碧玉，棋盘般整齐。似乎一切都那么宁静，一切都那么美丽。

然而我太了解我的祖国了。我知道，如果我走进那仙境之中，我会发现溪流已被污染，河边挤满了用席苇做仓顶的破旧不堪的小船，那里就是成千上万食不果腹的渔民的唯一栖息之地。绿树下面，房屋一个紧挨着一个，垃圾在阳光的曝晒下散发着阵阵臭气，苍蝇成群，到处可见的黄狗会冲我狂吠。那儿尽管有人人可享用的新鲜空气，但房子却小而无窗，里面暗如洞穴，孩子们脏得要命，头发乱蓬蓬的，鼻子就别提了，鼻涕总是流到嘴里！看不到一朵鲜花，看不到一处人为的美解除生活的单调沉闷，就连草房前那一块空地也被碾成了打谷场，坚硬的场地在阳光的照耀下泛着青光。贫穷？是的，但也往往是懒惰与无知的结果。

那么，中国究竟美在何处呢？反正它不在事物的表面。别着急，且听我慢慢道来。

这个古老的国家，几个世纪以来，一直缄默不言，无精打采，从不在乎其他的国家对它的看法，但正是在这儿，我发现了世上罕见的美。

中国并没有在那些名胜古迹中表现自己，即使在旅行者远东之行的目标——北京，我们看到的也不是名胜古迹：紫禁城、天坛、大清真寺……都是这个民族根据生活的需要逐步建立起来的。那是为他们自己建造的，根本不是为了吸引游客或是赚钱。

名师指津

作者的写法是先抑后扬的，从中国的实情出发，不光写中国令人心旷神怡的一面，更是写出中国的不尽如人意的一面，并从中找到中国独特、罕见的美。

▶名师释疑◀

无精打采：形容精神不振，提不起劲头。

(八) 美 国

的确，多少年来，这些名胜都是你千金难睹的。

中国人天生不知展览、广告为何物。在杭州无论你走进哪家大丝绸店，你都会发现，店里朴素大方，安静而昏暗。排排货架，整齐的货包，包上挂着排列匀称的价格标签。在国外，店主们常在陈列架上，挂着精心叠起的绸缎，用以吸引人们的目光，招徕顾客。但这儿却没有这些。你会看到一个店员走上前来，当你告诉他想买什么之后，他会从货架上给你拿下五六个货包。包装纸撕掉了，你面前突然出现一片夺目的光彩，龙袍就是用这料子做成的。看着闪闪发光、色泽鲜艳的织锦、丝绒、绸缎在你面前堆起，你会感到<u>眼花缭乱</u>，就像有一群脱茧而出的五彩缤纷的蝴蝶在你眼前飞舞一样。你选好了所要之物，这辉煌的景色也就重又隐入黑暗。

这就是中国！

她的美是那些体现了最崇高的思想，体现了历代贵族的艺术追求的古董、古迹，这些古老的东西，也和它们的主人一样，正慢慢走向衰落。

这堵临街的灰色高墙，气势森严，令人望而却步。但如果你有合适的钥匙，你或许可以迈进那雅致的庭院。院内，古老的方砖铺地，几百年的脚踏足踩，砖面已被磨损了许多。一株盘根错节的松树，一池金鱼，一只雕花石凳，凳上坐着一位鹤发长者，身着白色绸袍，宝相庄严，有如得道高僧。在他那苍白、干枯的手里，是一管磨得锃亮、顶端镶银的黑木烟袋。倘若你们有交情的话，他便会站起身来，深鞠几躬，以无可挑剔的礼数陪你步入上房。二人坐在高大的雕花楠木椅子上，共品香茗；挂在墙上的丝绸卷轴古画会让你赞叹不已，空中那雕梁画栋，又诱你神游太虚。美，到处是美，古色古香，含蓄优雅。

◀ 名师释疑 ◀

眼花缭乱：眼睛看见复杂纷繁的东西而感到迷乱。

名师指津

中国的美体现在独特的、古老的物件上，作者对中国之美的衰落感到遗憾。

名师指津

古色古香、含蓄优雅正是中国的美，不同于日本的精美，却有独特的意境。

我的思绪又将我带到了一座寺院。寺院的客厅虽然宽敞，却有点幽暗。客厅前有一片小小的空地，整日沐着阳光。空地上有一个用青砖垒起的花坛，漫长的岁月，几乎褪尽了砖的颜色。每至春和景明，花坛里硕大的淡红色嫩芽便破土而出。我五月间造访时，阳光明媚，牡丹盛开，色泽鲜艳，大红、粉红红成了一团火。花坛中央开着乳白色的花朵、淡黄色的花朵，煞是好看。花坛造型精巧，客人只有从房间的暗处才能欣赏到那美妙之处。斯时斯地，夫复何言？夫复何思？

我知道有些家庭珍藏有古画、古陶器、古铜器，还有年代已久的刺绣，这些东西出世时，还没人想到会有什么美洲的存在，它们的历史说不定真的和古埃及法老的宝藏一样古老呢！

变化中的中国发生了一些让人伤心的事情。一些无知的年轻人，或者为贫困所迫，或者是因为粗心大意，竟学会了拿这些文物去换钱。这些古玩实乃无价国宝，是审美价值极高的艺术珍品，是任何个人都不配私人占有，而只应由国家来收藏的。但他们目前还不能明白这一点！

外国对中国犯下了种种罪行，不容忽视的一点就是对中国美的掠夺。那些急不可耐的古玩搜集商，足迹遍及全球的冒险家，还有各大商行的老板，从中国美的宝库中掠夺了不知多少珍品。这委实是对一个无知的人的掠夺，因为他不知道自己认为可以卖到三十块银圆的东西，根本就不该卖掉。

此外，中国年轻的一代中，又有很多人的思想似乎尚未成熟，他们的表现让人感到惊愕。他们既然怀疑过去，抛弃传统，也就不可避免地抛弃旧中国那些<u>无与伦比</u>的艺术品，去抢购许多西方的粗陋的便宜货，挂在自己的屋里。这个国家的许多特色是我们所热爱的，而现在中国的古典美谁来继承？盲目崇洋所带来的必

名师释疑

无与伦比：没有能比得上的（多含褒义）。

名师指津

外国人对中国美的掠夺、中国年轻一代盲目崇洋、战乱带来的贫穷、人们审美知识和审美情趣的缺乏。作者把重点放在对人们审美认识的探讨上，这种衰落令作者感到痛心。

(八)美 国

然堕落怎样解决？难道说随着人们对传统的抛弃，我们也必须失掉庙宇的斗拱飞檐吗？

但我也时时感到欣慰：一定会有一些人继承所有那些酷爱美的先辈，以大师的热情去追求美并把它带到较为太平的年代。

前几天，我去了一个著名中国现代画家的画室。看着那一幅幅广告画，一幅幅俗套的健美女郎像和那用色拙劣的海上落日图，我的心直往下沉——一堆粗制滥造的油画！但是在画室的一个不显眼的角落，我发现了一幅小小的水彩画。那是一条村巷，在夏日的黄昏的阵雨中，弥漫着淡蓝色的雾，一些银灰色的斜线划过画面。从一座让人感到亲切的小屋的窗口，闪出微弱的烛光。一个孤零零的人手撑油伞踽踽独行，湿漉漉的石块上投下了他那摇晃的身影。

我转过身来，对画家说："这是最好的一幅。"

他的脸顿时明朗起来。

"你真这么看？我也是这样想的！这是我以前每天都看到的故乡街巷，但是，"画家叹息一声，"这是我为消遣而画的，这画不能卖掉。"

倘若一定要我找出中国之美的瑕疵来，我只能说它太隐逸、太高雅了，多数平民很少能享受，这美本来也是属于他们的，而那些公侯之家或宗教团体却将它据为己有，许多人无法获得审美知识，因而无法充分享受生活的乐趣。几百年来，那些极为贫困和没有文化的人们，只能默默地降生，又默默地死去，对那种妙不可言、令人倾倒的美漠然视之，无动于衷。追求美成了贵族社会、有闲阶级的特权，穷人们则认为那只是富人的消遣，与自己无缘。

普通中国人需要培养审美情趣，去发现他周围有待于挖掘的美。一旦他懂得了美的意义，一旦他认识到美根本不存在于那令

名师指津

作者在中国现代画家的画室里看到的是粗制滥造的油画，这令她更加的失望，唯有一幅较好的画却是画家为了消遣画的，这要归因于对经济利益的追求。

名师释疑

踽(jǔ)踽独行：孤零零地独自走着，形容非常孤独。

瑕疵：微小的缺点。

名师指津

以画室里偶然寻得的一幅水彩画，渲染了中国美的隐逸、高雅，不易寻得。

人讨厌的、要价四角的石板画中,甚至也不完全存在于有钱人的那些那些无价之宝中,一旦他认识到美就存在于他们的庭院之中,正等待他从粗心懒散造成的脏乱环境中去发掘时,一种崭新的精神将会在这片美丽的大地上传播开来。

虽然这儿的千百万在贫困中挣扎的人们,一直都在为一口饭而终日辛劳,但我知道,无论如何,人不能仅靠植物生活。我们最需要的是那些大家都能自由享用的美——澄塘霞影,婀娜的花卉,清新的空气,可爱的大自然。

前几天,我把我的这个想法对我的中国老师讲了,他随口讲了一句:"仓廪实则知礼仪,衣食足则知荣辱。"

我想是这样的。

然而,我相信我的园丁昨晚美餐了一顿。当时,他在草坪上快活地干活。我则坐在竹丛下沉思。突然,一片奇异的光彩把我从沉思中惊醒,我抬头一看,西天烧起了绚丽的晚霞,令我心驰神往。

"噢,看哪!"我喊道。

"在哪儿?在哪儿?"园丁紧紧抓住锄把叫道。

"在那儿。看那颜色有多美!"

"哦,那呀!"园丁却不胜厌恶地说,弯下腰去借着修整草坪。"你那样大声喊叫,我还以为有蜈蚣爬到你身上了呢!"

说实在的,我并不认为爱美要以填饱肚子为前提,再多的美食家也只是美食家。此外,如果我的中国老师所的那句话绝对正确,那我该怎样解释下列情况呢?那又老又聋的王妈妈,可怜的寡妇中更可怜的一个,整日里靠辛辛苦苦为人缝衣换碗饭吃,然而,她桌上那个有缺口的瓶子里,整个夏天都插有不知她从哪儿弄来的鲜花。当我硬是送她一个碧绿的小花瓶时,她竟高兴得流出了眼泪。

名师释疑

婀娜:(姿态)柔软而美好。

仓廪实则知礼仪,衣食足则知荣辱:语出《管子》,意思是人们粮仓充足才会懂得礼仪,丰衣足食才会看重荣誉和耻辱。

名师指津

老师的回答再次证明了中国审美认识的贫乏是根深蒂固的,是因为物质的匮乏而导致的。作者对此提出了与之相反的观点,并且举出几个具体事例印证自己的看法。

(八)美 国

还有那个小小的烟草店。那位掉光了牙齿的老店主，整天都在快乐地侍弄他的陶盆里一株不知其名的花草。我院外的那位农夫，让一片蒲葵在房子四周任其自然地长着。还有那些街头"小野孩儿"，也常常害羞地把脸贴在我门上，向我讨一束花儿。

不，我认为每个儿童的心田里，都能播下爱美的种子。尽管困苦的生活有时会将它扼杀，但它却是永生不灭的，有时它会在那些沉思冥想的人的心田里茁壮成长，对这些人来说，即使住进皇宫与皇帝共进晚餐也远非人生之最大乐趣。他们知道自己将永远不会满足，除非他们以某种方式找到了美，找到人生之最高境界。

（尚营林等　译）

名师指津

爱美之心人皆有之，尽管生活困苦，但爱美是从人的心出发，慢慢外化到人的外表来的。

我有一个梦想

〔美〕马丁·路德·金

马丁·路德·金（1929—1968），美国著名的民权运动领袖。从小聪颖好学，15岁时以优异的成绩进入摩尔豪斯学院攻读社会学，在结束亚特兰大莫尔浩司学院的学业后，获得文学学士学位。马丁·路德·金又在宾夕法尼亚州的克劳泽神学院和波士顿大学就读，1951年又获得柯罗泽神学院学士学位，1955年从波士顿大学获得神学博士学位。在学习中，马丁·路德·金加深了对神学的认识并探究圣雄甘地在社会改革方面的非暴力策略。1963年，马丁·路德·金进见了肯尼迪总统，要求通过新的民权法，给黑人以平等的权利。同年8月28日在林肯纪念堂前发表《我有一个梦想》的演说。1964年获诺贝尔和平奖。1968年4月，马丁·路德·金前往孟菲斯市领导工人罢工时被人刺杀,时年39岁。1986年起美国政府将每年1月的第三个星期一定为马丁·路德·金全国纪念日。

100年前,一位伟大的美国人签署了《解放黑人奴隶宣言》,今天我们就是在他的雕像前集会。这一庄严宣言犹如灯塔的光芒,给千百万在那摧残生命的不义之火中饱受煎熬的黑奴带来了希望。它之到来犹如欢乐的黎明,结束了束缚黑人的漫漫长夜。

然而100年后的今天,我们必须正视黑人还没有得到自由这一悲惨的事实。100年后的今天,在种族隔离的镣铐和种族歧视的枷锁下,黑人的生活备受压榨。100年后的今天,黑人仍生活在物质充裕的海洋中一个穷困的孤岛上。100年后的今天,黑人仍然蜷缩在美国社会的角落里,并且意识到自己是故土家园中的流亡者。今天我们在这里集会,就是要把这种骇人听闻的情况公之于世。

就某种意义而言,今天我们是为了要求兑现诺言而汇集到我们国家的首都来的。我们共和国的缔造者草拟宪法和独立宣言的气壮山河的词句时,曾向每一个美国人许下了诺言,他们承诺所有人——不论白人还是黑人——都享有不可让渡的生存权、自由权和追求幸福权。

就有色公民而论,美国显然没有实践她的诺言。美国没有履行这项神圣的义务,只是给黑人开了一张空头支票,支票上盖着"资金不足"的戳子后便退了回来。但是我们不相信正义的银行已经破产,我们不相信,在这个国家巨大的机会之库里已没有足够的储备。因此今天我们要求将支票兑现——这张支票将给予我们宝贵的自由和正义保障。

名师指津

马丁·路德·金将《解放黑人奴隶宣言》比作"灯塔的光芒",充分点明了签署这一宣言的重大意义和作用,这使得黑人在法律层面上获得了合法的地位,表达了黑人对自由、对平等的渴望。

名师指津

三个"100年后的今天",构成排比,向我们描述了黑人的悲惨生活,语势充沛。

名师释疑

骇人听闻:使人听了非常吃惊(多指社会上发生的坏事)。

（八）美 国

我们来到这个圣地也是为了提醒美国，现在是非常急迫的时刻。现在决非侈谈冷静下来或服用渐进主义的镇静剂的时候。现在是实现民主的诺言时候。现在是从种族隔离的荒凉阴暗的深谷攀登种族平等的光明大道的时候，现在是向上帝所有的儿女开放机会之门的时候，现在是把我们的国家从种族不平等的流沙中拯救出来，置于兄弟情谊的磐石上的时候。

如果美国忽视时间的迫切性和低估黑人的决心，那么，这对美国来说，将是致命伤。自由和平等的爽朗秋天如不到来，黑人义愤填膺的酷暑就不会过去。1963年并不意味着斗争的结束，而是开始。有人希望，黑人只要撒撒气就会满足；如果国家安之若素，毫无反应，这些人必会大失所望的。黑人得不到公民的基本权利，美国就不可能有安宁或平静，正义的光明的一天不到来，叛乱的旋风就将继续动摇这个国家的基础。

但是对于等候在正义之宫门口的心急如焚的人们，有些话我是必须说的。在争取合法地位的过程中，我们不要采取错误的做法。我们不要为了满足对自由的渴望而抱着敌对和仇恨之杯痛饮。我们斗争时必须永远举止得体，纪律严明。我们不能容许我们的具有崭新内容的抗议蜕变为暴力行动。我们要不断地升华到以精神力量对付物质力量的崇高境界中去。

现在黑人社会充满着了不起的新的战斗精神，但是不能因此而不信任所有的白人。因为我们的许多白人兄弟已经认识到：他们的命运与我们的命运是紧密相连的，他们今天参加游行集会就是明证；他们的自由与我们的自由是息息相关的。我们不能单独行动。

当我们行动时，我们必须保证向前进。我们不能倒退。现在有人问热心民权运动的人："你们什么时候才能满足？"

只要黑人仍然遭受警察难以形容的野蛮迫害，我们就绝不会

❀ 名师释疑 ❀

义愤填膺：发于正义的愤懑充满胸中，表示非常愤怒。义愤，对违反正义的事情所产生的愤怒。膺，胸。

安之若素：安然相处，和往常一样，不觉得有什么不合适。安，安然，坦然。之，代词，指人或物。素，平常。

名师指津

为了获得平等、自由的权利，为了有尊严地活着，黑人长久以来都在进行着不懈的斗争和努力。黑人们并非是在孤军奋战，许多的白人兄弟也在帮助黑人争取合法的权益，这是令作者感到非常欣慰的。

满足。

只要我们在外奔波而疲乏的身躯不能在公路旁的汽车旅馆和城里的旅馆找到住宿之所，我们就绝不会满足。

只要黑人的基本活动范围只是从少数民族聚居的小贫民区转移到大贫民区，我们就绝不会满足。

只要我们的孩子被"仅限白人"的标语剥夺自我和尊严，我们就绝不会满足。

只要密西西比州仍然有一个黑人不能参加选举，只要纽约有一个黑人认为他投票无济于事，我们就绝不会满足。

不！我们现在并不满足，我们将来也不满足，除非正义和公正犹如江海之波涛，汹涌澎湃，滚滚而来。

我并非没有注意到，参加今天集会的人中，有些受尽苦难和折磨，有些刚刚走出窄小的牢房，有些由于寻求自由，曾在居住地惨遭疯狂迫害的打击，并在警察暴行的旋风中摇摇欲坠。你们是人为痛苦的长期受难者。坚持下去吧，要坚决相信，忍受不应得的痛苦是一种赎罪。

让我们回到密西西比去，回到亚拉巴马去，回到南卡罗来纳去，回到佐治亚去，回到路易斯安那去，回到我们北方城市中的贫民区和少数民族居住区去，要心中有数，这种状况是能够也必将改变的。我们不要陷入绝望而不可自拔。

朋友们，今天我对你们说，在此时此刻，我们虽然遭受种种困难和挫折，我仍然有一个梦想，这个梦想深深扎根于美国的梦想之中。

我梦想有一天，这个国家会站立起来，真正实现其信条的真谛："我们认为真理是不言而喻，人人生而平等。"

我梦想有一天，在佐治亚的红山上，昔日奴隶的儿子将能够

（八）美 国

和昔日奴隶主的儿子坐在一起，共叙兄弟情谊。

我梦想有一天，甚至连密西西比州这个正义<u>匿迹</u>、压迫成风、如同沙漠般的地方，也将变成自由和正义的绿洲。

我梦想有一天，我的四个孩子将在一个不是以他们的肤色，而是以他们的品格优劣来评价他们的国度里生活。

今天，我有一个梦想。我梦想有一天，亚拉巴马州能够有所转变，尽管该州州长现在仍然满口异议，反对联邦法令，但有朝一日，那里的黑人男孩和女孩将能与白人男孩和女孩情同骨肉，携手并进。

今天，我有一个梦想。

我梦想有一天，幽谷上升，高山下降，坎坷曲折之路成坦途，圣光披露，满照人间。

这就是我们的希望。我怀着这种信念回到南方。有了这个信念，我们将能从绝望之岭劈出一块希望之石。有了这个信念，我们将能把这个国家刺耳的争吵声，改变成为一支洋溢手足之情的优美交响曲。

有了这个信念，我们将能一起工作，一起祈祷，一起斗争，一起坐牢，一起维护自由；因为我们知道，终有一天，我们是会自由的。

在自由到来的那一天，上帝的所有儿女们将以新的含义高唱这支歌："我的祖国，美丽的自由之乡，我为您歌唱。您是父辈逝去的地方，您是最初移民的骄傲，让自由之声响彻每个山岗。"

如果美国要成为一个伟大的国家，这个梦想必须实现！

让自由之声从新罕布什尔州的巍峨的崇山峻岭响起来！

让自由之声从纽约州的崇山峻岭响起来！

让自由之声从宾夕法尼亚州的阿勒格尼山响起来！

◄ 名师释疑 ◄

匿迹：隐藏起来，不露形迹。

名师指津

"今天我有一个梦想"，但不只是今天，这个梦想会延续到梦想付诸实现的那一天，切合题目。

名师指津

文中大量使用排比修辞，读起来气势磅礴、情感充沛，表达了黑人对平等与自由的强烈渴望。这篇演讲稿极具说服力和感染力，表达作者以及不计其数的民众为正义奋斗到底的决心。

让自由之声从科罗拉多州冰雪覆盖的落基山响起来！

让自由之声从加利福尼亚州蜿蜒的群峰响起来！

不仅如此，还要让自由之声从佐治亚州的石岭响起来！

让自由之声从田纳西州的了望山响起来！

让自由之声从密西西比的每一座丘陵响起来！

让自由之声从每一片山坡响起来！

当我们让自由之声响起，让自由之声从每一个大小村庄、每一个州和每一个城市响起来时，我们将能够加速这一天的到来。那时，上帝的所有儿女，黑人和白人，犹太教徒和非犹太教徒，耶稣教徒和天主教徒，都将手携手，合唱一首古老的黑人灵歌："自由啦！自由啦！感谢全能上帝，我们终于自由啦！"

（徐中立　译）

日本素描

〔美〕威廉·福克纳

威廉·福克纳（1897—1962），美国小说家、诗人和剧作家，为美国文学历史人最具影响力的作家之一，意识流文学的代表人物。在其创作生涯中，创作了125篇短篇小说、19部长篇小说、20部电影剧本、1部戏剧，"约克纳帕塔法世系"小说是其中的代表，主要作品有《喧哗和骚动》《我弥留之际》《押沙龙，押沙龙》。于1949年因"对当代美国小说做出了强有力和艺术上无与伦比的贡献"获得诺贝尔文学奖。

引擎早被关死。阴沉的云团向高处徐徐退远，你怎么也不会

(八) 美 国

有速度之感。直到你突然瞥见了飞机的影子从蓬松的山峦急速掠过，这时，你才感到了速度，看飞机和它的影子没命地相互追逐，样子像是执意想头碰头地一起撞毁。

蹿出云层，飞机再一次往下抛出自己的影子，这一次是一个岛上了。它看着像陆地，与机窗外任何初见的陆地相仿，不过你总明白这是岛屿，似乎你一睁眼就看见了它夺目的、让海怀抱的两肋，看幻灯片似的清晰。这远比在旷然的大海发现威克岛，甚至关岛，有更多奇迹般的快意。终究这里坐落着一个文明的、富于风化纲纪的、源远流长的人类同质体。

它看得见，听得到，讲得出，也写得下：这人与人的交流，是用话说得出的；你听得到，也看得见。但到了我这个西方人的眼睛中耳朵里，这种交流就对牛弹琴了，因为它与我眼睛平时所习见的风马牛不相及；也找不到衡量它的尺度，没哪样好让记忆和习惯含糊其辞，"喔，这好像是那个表示房子、家庭或幸福的词"；这交流不仅玄奥，而且简直是藏头诗，似乎噼里啪啦的字符、音节不光贮存着信息，还蕴藉着更关键、更迫切的意义，指点着某种终极智慧，或者寄托了人类救赎的玄机的知识。那么就让我浅尝辄止吧。西方人的记忆里没有打量它的规尺；既然没有倾听的心灵，就让耳朵去收听这些叽里呱啦、鸣里哇啦吧，像听孩子们嘴里鸟儿的啼唤，女人、少女嘴里哼出的音乐。

这些脸，凡·高和莫奈一定会一见倾心的：它们是朝圣者拄着圣杖，肩着被席，面蒙奔波的灰垢，迎晨曦向神庙拾级攀登的那种；那夹袍卷到大腿根的俗家弟子，也许是帮佣罢，蹲在寺院门前，等着敲开，或已经敲开这一天的日子——他这样的脸；也是在门下兜售花生，让游客去喂鸽子的老妇的脸；一张倦于挨日子，倦于搜索过去的脸，似乎一生太仓促，每一呼吸的吐纳都是

名师指津

通过高空俯视的角度，描述日本岛的地理位置及概貌。简洁的语言使读者对岛屿有一个整体性的了解。

名师释疑

对牛弹琴：形容听话的人不懂对方说的是什么。

浅尝辄止：略微尝试一下就停下来。指不深入钻研。

急需，好让连绵的细皱纹来得及蚀刻她的脸；这经久耐磨的脸，现在竟成了她的慰藉，终于能将种种伤痛哀愁拦在它的背后，逍遥于心死意灰、丧夫失子、苦度挨熬的尘念俗意之上；总算有个从没读过福克纳的人了，不知道，也不在乎他来日本干吗，至于他对海明威的看法什么的，更是屁也不想放一个。

他，忙得来不及操心自己是否幸福。那个脏劲！他有五岁了吧，可看来与自己的过去毫无联系，显然跟爹妈也是毫无联系的，只自顾自在阴沟里玩扔下的烟头。

群山怀中的湖面上，刮着凛凛的劲风，像在大风口似的；有那么一阵，我们揣想，收起主桅上的帆篷已为时过晚，可其实还来得及呢。这只是一艘小艇，但在西方人眼里，它俨然是中国平底船，经得住风浪，硬是跟别的船不一样，由美式舱外发动机推助。舱里，油纸伞下，女人裹在和服中。如果是在阳光明媚的泰晤士河上，这样的伞将毫不起眼，可这是在疾风夹裹下的湛蓝的湖中央，它的脆弱与刚强，就宛若台风旋涡中的一只蝴蝶。

艺妓的发髻墨云般黑亮，头盔般扣上她厚施脂粉的脸，又像近卫军的高顶熊皮帽，威临、加冕在这娇弱的身子那有分寸的、仪式般的姿势上，它的沉重叫人替她娇嫩的脖子捏一把汗。这涂画而成的脸，板着，冰封了一切表情，甚至超然于一切训练有素的矫揉造作：粉盖，死样的面具后面掩藏了某种迅捷、活泼和机灵；甚或不止机灵：俏皮；甚或还不止俏皮：冷嘲热讽，一种善演喜剧的天赋。可是这还不止：善演滑稽戏，善作讽刺画。为了挖空心思，不择手段地向人类报复。

和服。它罩住了从喉咙到脚跟的一切，人插进里面像插一朵花那样有女人味，这女人味或许还像放孩子进摇篮。手是可以裹在双袖中的，那时，全身就似一只完整的圣杯，其谦卑，昭示着

名师指津

作者对日本艺妓的发髻进行了细腻而传神的描写，通过比喻修辞强调了艺妓的发髻黑而高的特点。神秘的日本艺妓一脸粉黛，浓妆艳抹。然而，当你走进她们的世界就会发现，真正的艺妓生活却是别有一番滋味。

名师释疑

矫揉造作：比喻故意做作，不自然。矫，使弯的变成直的。揉，使直的变成弯的。

(八)美 国

它的女人味,在这一种女人味中,裸体也仅能展示哺乳动物的雌性而已。这样的谦卑招摇着它的<u>桀骜不驯</u>,似玉指轻弹粉红的玫瑰,抛下阳台窗下——这谦卑,还有什么能比它更高傲的呢,难怪它是女人最贴心的财产;她当能用生命来捍卫它。

忠诚。衬衣和裙子这样的西式服装,让她成了无处着墨的年轻的矮胖女人;然后,裹在和服里,她熟巧稳定的快速碎步,显然也让她走进了女性魅力的遗产中她自己的那一份。当然她还能分享得更多。她还分享了这块土地上女人的其他品格,这些品格并不是通过衣服而赋予她们的:忠诚,坚贞,守信,不图回报——至少人们希望如此。她不会讲我的语言,我也不会她的。可两天后,她晓得我有天一亮就睡不着的乡下人习惯,于是,以后每天清晨睡眼初开,就见到阳台桌上已经端放的咖啡托盘;她知道我散步回来爱在空气新鲜的房里用早餐,于是一切就绪:那一天的房间已准备好,桌子收拾干净了,晨报等待主人去读;她无言地问我今天为何没有衣服要送洗,无言地征得我的同意给我钉纽扣儿,补袜子;她管我叫聪明人,老师,背后与别人谈起我,我又两者都不是了。她因我做了她的房客而自豪,但愿由于我全力争取不辜负她那份自豪,用礼貌去愧对她的忠诚,能称了她的意。这块国土上多的是散漫的忠诚,于是,她这样的忠诚,即使一点点,也是忽视不得的。但愿所有的忠诚<u>各得其所</u>,至少也能被人珍惜,像我努力去做的那样。

这一方稻田与我在本土看到的稻田一模一样,阿肯色斯,密西西比,路易斯安那都有,不过那儿经常与棉花套种。这一块要更小一些,种得也密集得多,就这样它一直延伸到那行长在灌溉渠边的豆垅。这里手工做的事在我们那儿是让机器代劳的,我们那儿机器比人多。自然是一样的:不同的是经济。

名师释疑

桀骜不驯:性情强暴不驯顺。桀,凶暴。骜,马不驯良,比喻傲慢。

各得其所:每一个人或事物都得到合适的安顿。

名师指津

日本女人身上所具备的优秀品格得到了作者充分的肯定。

93

连名字也有相同的：乔纳生，瓦因什普，迪里修斯；八月稠密的浓叶被农药喷成灰暗，用药也是我们那种。到此，相同之处戛然而止：裹在纸卷里的苹果缀满枝头，终于，整棵树在西方人的眼中顿时生辉，像西方仪礼中那棵圣诞树那么富于象征性，富于欢庆和礼节意义。只是这树还更意味深长：西方人一家一树，常常很做作，活活地从泥里拔来，用节日里讲究的小玩意儿来装点，然后让它干死，似乎树并不是礼俗的主人公，而是祭坛上的牺牲品；可是这里，不是一户一树，而是所有的树都得到修剪打扮，它们礼赞着比基督更古老的神祇——得墨忒耳、刻瑞斯两位谷物女神。

旅程已接近终点，让我更简洁、明快点儿吧：黄菊花，一如密西西比的黄菊花，总勾起人对泥土、秋日和干草热的思念；它们有高高的竹篱笆映衬。

景色美丽，人的面孔更美丽。

年轻姑娘的鞠躬轻盈柔顺，有的是恰到好处的优雅，同样姿势的平身，使满脸陡增红光，柔中之刚，比这个严谨的文化所允许她的，要多得多，真像柳枝之于劲风，后者的威严充其量也只能逗一逗能而已。

他们手中的工具令人想起诺亚营造方舟的那种，可房子骨架的搭起、支撑，都用不着榫合处的钉子，甚至在其他地方也彻底不用钉子，不知是哪路魔法，连对付着弄个栖身之所还能生出这般艺术，这些精工巧思，我们西方人的先辈想必有过，定是在不断的迁徙途中失传了。

总是水呀水的，水声，水花和水滴声，看样子，这是一个尊奉水的民族了，就像有的民族，尊奉着被他们称为命运的那种东西。

名师释疑

神祇（qí）：指天神与地神；谓司中、司命、风师、雨师；泛指神灵。

榫（sǔn）合：竹制家具特殊操作工艺之一。将竹器部件加工成凸出的榫舌和凹入的榫眼而进行配合，叫作"榫合"。

名师指津

作者直接抒情，将自己的情感寓于简洁而直白的语言中，对日本的景色、人物给予了无私的赞美，流露出对这个国家的喜爱之情。

(八)美　国

人民善良的呀，你客人走南闯北，三个字可打发："多务魔"（多关照），"撒凯"（酒），"阿里嘎多务"（谢谢）。还剩最后一句话：

明天此时，飞机就要起飞了；再一会儿，它的摆脚轮将挣脱地面，未及收起轮子，飞机就会死命地掩着自己的影子钻进云层，穿过它，这片土地，这方岛屿将不见了踪影，但虽说眼睛将不再忆及，心里，却会永远记起。"沙扬那拉"。

(陶乃侃、陆兴华　译)

名师指津

日本语中"再见"的意思，作者在结尾处使用该词是在与日本风光人情告别。

威廉·福克纳

〔美〕威廉·斯泰伦

威廉·斯泰伦（1925—2006），美国当代著名小说家，生于弗吉尼亚州的纽波特纽斯，1945年后，开始发表短篇小说。他的作品既带有显著的南方派特点，但又不局限于南方小说的思想主题，以风格多样化而驰名，尤擅长通过人物的千姿百态来戏剧化地表现时代的特征。他著有长篇小说《漫长的行程》《躺在黑暗中》《纵火焚屋》《纳特·特那的自白》以及《苏菲的选择》《潮汐镇的早晨》，《纳特·特那的自白》使其获得普利策奖。斯泰伦曾被评为世界十大文化名人之一。

世界上他最憎厌的事情就是自己的隐私权受到侵犯。虽然福克纳太太和他的女儿吉尔一再向我表示，在这所房子里我是受欢迎的，虽然我知道她们的欢迎确实是真诚的，但我仍然感到自己是个入侵者。哀伤，像为数不多的其他事物一样，是件纯属个人的事情。而且，福克纳很讨厌那种人（为数可不少呢），他们总是对着他的私人生活嗅嗅闻闻——这是些文学界的"包打听"与"小广播"，就想从与名人的接近中得到短暂的刺激与些许折射回来的光彩。他自己不止一次很有道理地说过，一个作家唯一与别人有关的事情就应该是他的作品。如今他已经去世，无能为力地躺在那具灰色的棺木里，我更觉得自己是一个在我不应来的地方到处刺探的闯入者了。

可是除却使我们那样无精打采的死亡这一确切的事实之外，这一天最突出的因素却是闷热，这热就像是一种微小、歹毒的死亡，仿佛一个人正被闷死在一件潮乎乎的呢子大衣里。连北边60英里的孟菲斯的几种报纸也评论了这恶劣的气候。奥克斯福被浸淹在一片闷热之中，这个星期六的上午，支配着法院广场一带人们情绪的是一种酷热与出汗造成的濒临绝望的倦怠感。一辆辆福特、雪佛莱和轻型货车斜着停靠在马路牙子外面，在无情的阳光下挨烤。在这种气温里，密西西比州人已经学会了缓慢地、几乎是胆战心惊的移动。他们走起路来小心翼翼且步步斟酌。在第一国家银行的门廊下与法院周围那树荫稀疏的便道上，光穿衬衣的农民、额头汗涔涔的家庭主妇与做买卖的黑人都是有气无力，动作慢腾腾的。在法院西边一幢建筑侧边一面墙的高处，是一幅至少有20英尺长的巨大招牌，上面刷着"叛党美容学院"这几个字，顶上还画着幅联邦的旗子。招牌、旗帜与墙占领了广场一个热烘烘的角落，在炙灼的阳光照耀下像是有马上燃烧起来的危险。这是一种超常的炎热，让你身心都受到很大的折磨，一场依稀记得的噩梦也会造成的同样的后果，最后你明白你以前不是没有遇见过这样的事情，那是在福克纳所有那些长短篇小说里，在那里这样邪恶的天气——当然也包括较为宜人的天气——以几乎

名师指津

作者交代了此行的目的是来悼念刚刚去世的福克纳，这也与前文提到的家人的哀伤相互照应。因为福克纳生前讨厌别人对他的生活表示过分的关注，所以作者有感而发，觉得自己好像一个到处刺探的闯入者。

名师指津

描写当时的天气状况，用细腻的笔触突出了天气闷热的特点，渲染了一种哀伤、沉闷的气氛。

名师释疑

汗涔涔（cén）：形容雨水、汗水、泪水等流个不断。

(八)美　国

摸触得着的真实感在起着作用。

在《奥克斯福鹰报》的底层办公室里，主编兼老板合伙人尼娜·古尔斯贝夫人在一只空调机的嗡嗡声里忙个不停。这是个高大、开朗、健谈的女子，她很得意地告诉我《鹰报》新近荣获密西西比州报业协会的本年度最佳周报一等奖。她刚从街上回来，是到镇上去散发传单的，传单上印的是：

为纪念威廉·福克纳，敝号于今日，即1962年7月7日下午2时至2时15分暂停营业。

她说，这是她出的主意，接着又说："人们总是说奥克斯福对比尔·福克纳漠不关心，其实蛮不是这么回事。我们为他感到骄傲。你瞧！"她让我看一些过期的《鹰报》，有一张头版上的标题是"诺贝尔文学奖落入奥克斯福人之手"。另一期有一整版广告，出资者之中有密西干洗商店、加思赖特-里德药行、米勒咖啡馆、A.H.艾文特轧棉储存公司等等。广告中的祝贺话语是："欢迎比尔·福克纳荣归乡里。兹特向全国父老宣告——我奥克斯福镇与全体镇民均为我镇荣获诺贝尔奖之作家威廉·福克纳感到无比骄傲。"版面上还登了好些福克纳在斯德哥尔摩的照片。从瑞典国王手里接过诺贝尔奖，在雪地里和他的女儿一起行走，在一辆雪橇旁弯下腰来与一个瑞典小男孩聊天。

"你可以看到我们为他感到多么骄傲。我们对他一直是引以为荣的。"古尔斯贝夫人说，"嗨，我从小就认识比尔·福克纳。我住的地方离他家还不到两条街。他散步的时候我们遇到时总停下来聊上好一阵。天哪，他总穿一件极其高雅的花呢短上装，肘弯处钉有两块皮，手杖的弯把挂在前臂上，我总说，倘若他们不让比尔·福克纳穿着那件花呢短上装入土，那是很不合适的。"

名师指津

此处谈及福克纳的家庭成员，使读者对他的家庭有了一个初步的了解。

名师释疑

髭：嘴边的长而浓密的胡须。

名师指津

对福克纳家中的书房进行描写，并且对他喜欢阅读的书目进行介绍，这样不仅使读者感受到他对阅读的痴迷，还可以使读者了解到他的个人喜好，有助于更深入地了解人物。

回到福克纳的家中，在小路上空合抱的老雪松的阴影与柱廊也只能稍稍减轻中午时分的一些热气。这种天气你只能穿一件衬衫，事实上不少男人已把他们的西服上衣脱了。在大门口聚集了一些家庭成员，这里有约翰·福克纳，他也是一位作家，他简直是他哥哥的复制品或者说是鬼魂，连那疑问般抬起的眉毛与斜着下垂的上髭都与乃兄的一模一样；这里还有约翰那已长大成人的几个儿子；还有另一个弟弟默雷，他眼神忧郁，语音柔和，是联邦调查局派驻在莫比尔的一个工作人员；这里有吉尔的丈夫保尔·萨默斯，他来自弗吉尼亚州的夏洛茨维尔，是位律师，和吉尔一样，他也管福克纳叫"爸"。大伙儿聊天的内容很普通：天太热、坐喷气式飞机旅行的长处、密西西比州不合时代潮流的禁酒法令的烦琐。大伙儿往西边退去好让一位夫人过去，她捧着一只很大的洒有紫黄色糖霜的蛋糕，这仅仅是这天送来的许多只蛋糕里的一只。

屋子里面稍微凉快一些，在门左面的书房里——它正对着空出来停放灵柩的起居室——时间像是容易打发一些。这是个宽敞、杂乱、舒适的房间。一面墙上挂着幅金边镜框的福克纳穿着猎装的肖像，戴着他那顶黑色高顶礼帽，一副得意扬扬的样子，挨近它放在桌子上的是一尊瘦削憔悴的堂吉诃德的木雕。这里还有两幅黑人佣仆的亲切、充满爱意的画像，是"莫德·福克纳小姐"的作品（她按照家庭传统，拼"福克纳"时少一个"u"，和她儿子不同）。其他几面墙都是书，什么人写的都有，毫无次序地放在一起，有的带书皮有的不带，还有不少是上下颠倒放的，如：《金驴记》、维多里尼的《在西西里》、《卡拉马佐夫兄弟》、考尔德·威林厄姆的《杰拉尔丁·布雷德肖》、《厄内斯待·海明威短篇小说集》、《从这里到永恒》、莎士比亚的《喜剧集》、

(八)美国

艾拉·沃尔弗特的《爱的行动》、《S.J.佩雷尔曼作品精粹》以及许许多多别的，让人数不过来。

就在这间书房里我遇见了谢尔比·富特。他是小说家、内战史家，也是福克纳为数极少的文学界朋友中的一个。这是个性格开朗、皮肤黝黑的四十五六岁的密西西比州人，他穿一套绉面条纹薄西服，看上去一点儿也不热。他告诉我，像我这样一个纯粹的弗吉尼亚人自然不能适应这样的酷热。"你得慢慢儿地在这里面穿行，"他教导我，"千万别做出任何多余的动作。"接着他又让人<u>沮丧</u>地说："这闷热不过才刚开了个头。你八月里来试试看。"

◆ 名师释疑 ◆

沮丧：灰心失望。

富特在找一本书，那是本选集，里面收了福克纳的一篇早期诗作——他30多年前写的一首短诗，题目是《我的墓志铭》。我也帮他找，结果一直找到在屋子后部的福克纳的工作室。这里东西堆得更乱，书也更多。什么《〈小姐〉杂志最佳小说四十篇》《日瓦戈医生》、多斯·帕索斯的《世纪中叶》、《朱利叶斯》与埃塞尔·罗森堡的《审判》、H.K.道格拉斯的《我与石壁并辔而行》（这是福克纳逝世前读的几本书中的一本），它们和百来本别的书都塞在一个低矮的书架上，有几排放着的是一包包寄来请福克纳签名的书，全都积满了尘土，还未拆包。桌上福克纳一直在用的那架古董打字机已被撤走，却令人费解地放了一瓶半加仑装的老鸦牌威士忌，里面还剩了四分之一。桌子后的壁炉架上散放着几只烟灰缸、一些小摆设瓶子、一只有破洞的烟丝袋，<u>还支立着一幅小小的滑稽画，画的是一只骡子，屁股翘得老高，牙齿露着，做躁狂型大笑状</u>。"我认为福克纳爱骡子几乎跟他爱人类一样，"富特沉思着说，"没准还爱得更深些。"他终于找到那本书和那首诗了。

现在几架风扇在楼下房间与过厅里转动着，自助午餐摆出

名师指津

通过对一幅画着骡子的滑稽画的描绘与形容，透露出福克纳的个人爱好，展现出他与众不同的一面。

来。南方丧葬时一般都吃得很好，这一次的更是讲究：有火鸡、乡村火腿、夹肉西红柿，还有松软可口的家制面包和大量的冰镇浓茶。我们在餐厅长桌周围随便坐下，举行仪式的时刻快要到了，透过窗子可以看到外面茂盛、灼热的草地上，下午的阳光给颤动的橡叶与雪松的枝子投下了黑黑的影子。

从远处，一只嘲鸫的啼鸣声一阵阵传来。突然之间，家里的谁想起昨天晚上，大家偶尔看到一张纸片，那肯定是福克纳最后写下的文字之一，不过那是法文的，他们不懂。纸片找出来了，我们几个开始辨读，那是用铅笔写在一个信封上的——是一封复信的草稿，用福克纳那细小、垂直、潦草、几乎无法辨认的字体写的，是对法国某人邀请他去访问的答复——一张彬彬有礼、口气俏皮的字条，用流畅的法语写的。他说他不克前往。

两时整，屋子里一阵肃静，葬仪马上要开始了。我们重新穿上外衣。总共有好几十个人，只有为数不多几个是外人（如他的出版者贝内特·塞尔夫和唐纳德·克洛普弗），剩下的都是家庭成员，从南方各地：密西西比、亚拉巴马、路易斯安那、弗吉尼亚与田纳西，集合到此地——我们站在两个房间里，一个是餐厅，现在餐桌搬走了，另一个是起居室，灵柩就停放在这里。穿了白法衣的圣公会牧师小邓肯·格雷戴了副眼镜，头有点秃，他的声音够响亮的，但是给几只哼呜哼呜与咯咯抖动的电风扇一搅，还得费点力气才能听出来。

"耶和华是我的亮光，是我的拯救，我还怕谁呢？耶和华是我性命的保障，我还惧谁呢？"

外面那只嘲鸫又在叫了，这回离得更近了。透过风扇的呜呜声，牧师又朗读《诗篇》第四十六篇：

"神是我们的避难所，是我们的力量，是我们在患难中随时

名师释疑

嘲鸫：是雀形目嘲鸫科的几种善模仿的鸣禽的统称，共有12属36种，体长27厘米，喙向下弯曲，产于西半球。

彬彬有礼：形容文雅有礼貌的样子。彬彬，原意为文质兼备的样子，后形容文雅。

(八) 美 国

的帮助。所以地虽改变，山虽摇动到海心……我们也不害怕。"

我们大声地重复诵读《主祷文》，很快，一切都结束了。离开这幢房子时显得有些匆促。送葬行列是走南拉马尔街穿过市镇中心去公墓的。一长串汽车跟在黑色灵车后面，在临近法院时，可以很明显地看出古尔斯贝太太发起的让商店停业的战役有了很好的效果。因为虽然时间已是2点15分，商店仍然关着门，便道上则挤满了人。有白人，也有黑人，他们在燎人的热浪里站着看出丧，一行行、一堆堆、一群群，他们挤拥在法院的四周，在格伦迪咖啡馆、厄尔·富奇杂货铺与叛党食品中心前面的人行道上。这样的场面使我感动，我对此说了我的看法，可是一个本地人却远不像我这样印象深刻。"倒不是说他们不敬重比尔。我琢磨大多数都是敬重的，真的。虽说他们谁也没念过比尔写的一个字。不过出丧在这里是件大事。要是去世的是位浸礼会执事，那你就等着瞧万人空巷吧！"

我们的车子来到法院门前，接着慢慢地往右拐，沿着广场外缘朝前走。这里耸立着邦联士兵的铜像（下面的铭文是"立于一九〇七年"），英勇、笔直地站在他那单薄的、灰白色基座上，看上去像个玩具士兵，不知怎的显得怪凄凉的。这法院与铜像都在福克纳大部分作品里隐隐出现过。此时此际，也是这天的头一回，我猛然明白，福克纳真的去了。我深深地陷入了回忆之中，仿佛是被一阵小号吹奏声召去似的。迪尔西、班古、勒斯待和康普生家的所有成员，海托华、拜伦·本奇和弗莱姆·斯诺普斯，还有那温柔的莱娜·格鲁夫——所有这些以及另外一些都簇拥着浮现在我的眼前，呈滑稽状、恶狠狠状或是悲惨状，清晰得就跟真人一样，和他们同时出现的还有那喧闹的景色和恶劣或美好的气候，以及那整个让人恼怒的、不可思议的生活图景，这是从空

名师指津

寥寥数语写出了人们放下手中工作赶来看出丧的原因，他们并非不敬重福克纳，但他们也并不了解福克纳的作品，更主要的原因在于福克纳的名气和声誉使得大家感到好奇。

◆ **名师释疑** ◆

万人空巷：指家家户户的人都从巷里出来了。多形容庆祝、欢迎等盛况。空巷，街道里弄里的人全部走空。

滑稽：形容言语、动作引人发笑。

101

> **名师指津**
> 生活图景是从空无里生长出来的，而不是由人的每时每刻堆砌起来的，这让人感到生活的无奈和虚无。

<u>无里扭扭曲曲地生长出来的</u>，所有的艺术不都是这样的吗。突然，就在那些市镇居民观看的、若有所思的脸庞从我眼前滑过去的那一刻，我心中充满了苦涩的悲哀。我们又经过一个穿蓝色衬衣的年轻警察，他胳肢窝下面是两摊新月形的汗渍，他立正，帽子脱下扣在胸前。殡仪车列在北拉马尔街上行进，然后朝杰弗生镇的东面驰去。

老公墓已经满了，因此他的墓被安排在"新"区，他是这个区域新住户中的一个。关于这块墓地没多少可以说的，真的。在我看来，不久前这里还是田野，它俯视着一片民居工程，不过福克纳却安眠在两棵橡树之间的一片缓坡上，树会长大给他遮阴。他就被安置在这里长眠。人群在火辣辣的阳光下散开，回家去了。

在福克纳一部早期作品《野棕榈》的结尾处，那个被判刑的主人公在考虑从虚无与悲哀之中选择一样时，说他宁愿要悲哀的。自然，即使是悲哀，也准比什么都没有强。至于今天一个人在这片炎热、干燥的土地上所感受的忧伤与失落，也许表达得最好的莫若福克纳自己的话了，那是在他一首青春气十足、他称之为《我的墓志铭》的诗里：

　　如果有忧伤，就让它化为雨露，
　　但需是哀悼带来的银色忧伤，
　　让葱绿的林子在这里做梦，
　　渴望在我心中觉醒，倘若我重新复苏。
　　可是我将要安睡，我长出根系，
　　如同一棵树，那蓝色的冈陵，
　　在我头顶酣睡，这也算死亡？我远行，
　　紧抱着我的泥土自会让我呼吸。

（戈哈　译）

(八)美 国

大学生活

〔美〕詹姆斯·瑟伯

　　詹姆斯·瑟伯(1894—1961),美国作家、漫画家,以幽默著称。他的卡通作品为美国最受欢迎最熟知的作品。1927年曾参与创办著名《纽约客》杂志。主要散文作品有《阁楼里的猫头鹰和困惑》(1932)、《我的生活和艰难岁月》(1933)、《让你的精神孤独》(1937)、《我的世界——欢迎它到来!》(1942)。儿童读物《十三座钟》(1950)和《最后一朵花》现已列入最成功的童话之林。其作品富于想象,幽默而寓意深刻;文笔简洁风趣,具有强烈的感染力。

　　我大学所修各门课程都通过了,但就是过不了植物学这一关。这是因为,凡是修植物学课程的学生都必须每周在实验室里待上若干小时,透过显微镜观看植物细胞,而我却总是看不透显微镜。我从未透过显微镜看见过一个细胞,这每每令我的老师勃然大怒。他总是在实验室踱来踱去,为所有学生在绘画有关的花朵细胞的结构上所取得的进步而高兴,大家告诉我那是很有意思的结构。最后他来到我面前,我则往往站在那儿,说道:"我什么也看不见。"他开始讲话时总是很耐心,说明谁都能看显微镜,但又总是以怒不可遏告终。他宣称,我也能看透显微镜,只是假装不能而已。我对他说:"不管怎么讲,这都剥夺了花的美。"他则说:"这门课程讲的不是美,而主要是观察称之为花的结构。""唔,"我说,"我什么也看不见。""再试一次。"他说。于是我便把眼睛放在显微镜上,除了偶尔看见一种模糊的乳状物质之外,根本什么也看不见,而这种模糊的乳状物质则是一种调试失当的现象。你应该看见轮廓醒目的植物细胞,它们形似

◀ 名师释疑 ▶

勃然大怒:突然变脸大发脾气。勃然,突然。

怒不可遏:愤怒得难以抑制,形容十分愤怒。

名师指津

教授对"我"看不透显微镜表示不满,他认为"我"只是假装看不见而已。显而易见,"我"和教授就此问题产生了很大的分歧。

时钟机构，生动鲜明，动作不停。"我看到的就像大量牛奶。"我告诉他，而他则声称，这是由于我没能调好显微镜所致，因而他就为我调试，更确切地说是为他自己调试，而我再次观看，又看见牛乳。

最后我得了个延期及格，他们是这样称呼的，我又等了一年再试一次（你必须通过一门生物学类的课程，否则不予毕业）。教授度假后归来，脸晒得黝黑，像个浆果，眼睛发亮，一片热诚要向各班学生再次讲解细胞的结构。我们在开学后第一堂实验课上见了面，他兴高采烈地对我说："唔，这次我们会看见细胞的，对吗？""对，先生。"我说道。在我的右方、左方和前方的学生正在看到细胞，不仅如此，他们还在静静地在笔记本上绘制细胞图画。当然，我什么也没有看见。

教授严厉地对我说："我们将用人类所知的每一种调试显微镜的方法再试一次。上帝做证，我要为你调试这个显微镜，让你透过它看见细胞，若不然这个书我就不教了。我教了22年的植物学——"他突然缄口不言，因为他全身颤抖了起来，就像莱昂内尔·巴里莫尔一样。他确实想控制住自己的情绪，他跟我发的那些脾气已使他大伤元气。

因而我们尝试着用人类所知的每一种调试显微镜的方法进行调试。只有一次我没有看见漆黑一片或者那种熟悉的乳状浑浊物。那一次我看见由斑斑点点组成的灿烂群星，不禁惊喜交加，于是匆匆把这灿烂群星画了下来。老师见我忙个不停，于是从邻座走来，笑容可掬，眉开眼笑，满怀希望。他看了看我画的细胞。"这是什么？"他诘问道，埋怨之情溢于言表。"这是我看到的。"我说道。"不是，不是的，不是！"他尖叫着，顿时大发雷霆，并且弯下身来，眯着眼朝显微镜里望去。他猛地抬起头来。"这

名师指津

当教授得知我还是什么也看不到时，他的好心情顿时消失无踪。通过语言描写形象地刻画出教授因此事而激动、愤怒的状态。

名师释疑

笑容可掬：形容笑容满面。掬，双手捧取。

(八)美 国

是你的眼睛!"他喊道,"你调的镜头反射了!你画的是你的眼睛!"

　　还有一门课程我不喜欢,却又终得通过,那就是经济学。我上完植物学课后直接去上经济学课,不过这对于我理解这两门科目都毫无助益。我每每把这两门课混淆起来。但跟直接从物理实验室来经济学班上课的另一个学生相比,我的混淆程度倒也略逊一筹。他是校橄榄球队的一名后卫,名叫博伦虬茨威克兹。那时俄亥俄州立大学拥有一支国内最好的球队,博伦虬茨威克兹又是它的一名最杰出的球星。要获得打球的资格,他的学习就必须跟上,这可是件极其困难的事情,因为他虽说并不比公牛笨,却也聪明不到哪里去。他的教授大都对他宽宏大量,始终助他一臂之力。而在教授当中,经济学教授又在他回答问题时给他最多的暗示,问他的问题也最简单。经济学教授是一个瘦削、胆小的人,名叫巴瑟姆。一天,我们学习有关运输和分配的问题,又轮到博伦虬茨威克兹回答问题了。"说出一种运输工具的名称。"教授对他说。这位大个子后卫的眼睛里并未出现什么光彩。"什么运输工具都行。"教授说道。博伦虬茨威克兹坐着干瞪眼。"也就是说,"教授循循善诱,"是从一个地方到另一个地方的任何手段、媒介或方法。"博伦虬茨威克兹的表现就像是被引入陷阱一般。"你可以在蒸汽、马拉或者电力驱动的运载工具当中进行选择,"老师说道,"我建议你说说我们陆路长途旅行时通常使用的那一种。"班上一片沉寂,大家都不安地移动着身子,博伦虬茨威克兹和巴瑟姆先生也不例外。巴瑟姆先生突然打破了这种寂静,那副样子让人大吃一惊。"噗——噗——噗。"他小声说道,登时满脸绯红。他恳求地瞥了一眼全班同学。当然,我们都与巴瑟姆先生怀有同样的愿望,希望博伦虬茨威克兹能与这个经济学班上

名师指津
语言风格诙谐幽默。老师的努力最终白费,"我"在显微镜下看不到应有的植物结构都是因为这个原因。

名师释疑
循循善诱:指善于引导别人进行学习。循循,有次序的样子。善,善于。诱,引导。

105

的同学并肩前进，因为这个赛季的一场最为艰巨、最为重要的比赛，也就是那场伊利诺斯比赛，一个星期以后就要举行了。"嘟，嘟——嘟——嘟……！"有个学生低吟道。我们都用鼓励的目光看着博伦虬茨威克兹，又有一个人模仿了火车头放气的声音，模仿得惟妙惟肖。巴瑟姆先生本人则圆满完成了这个小小的演出。"叮当，叮当。"他说道，满怀着希望。此刻博伦虬茨威克兹正盯着地板，尽力在思考，巨大的前额紧锁着，两只大手揉来揉去，满脸通红。

"今年你是怎么来学校的，博伦虬茨威克兹先生？"教授问道，"咔嚓，咔嚓，咔嚓。"

"我爸爸送我来的。"这位橄榄球队员说道。

"靠的是什么？"巴瑟姆说道。

"我得到了一笔津贴。"这位后卫说道，嗓音低沉，困窘不安。

"你是坐什么来的？"

"火车。"博伦虬茨威克兹说道。

"完全正确，"教授说道，"现在，我们——"

如果说你是极度痛苦地上了植物学和经济学课——痛苦的原因不同，那么体育课就痛苦愈甚。真是不堪回首。他们不让你戴着眼镜打球、跑步或者做体操，可是我一摘了眼镜就两眼一团黑。我撞上教练，撞上单杠，撞上农科学生，撞上摆动着的铁环。由于看不见，因而我可以上这门课，但却不能执行它。而且，为了通过体育课（你须通过方可毕业），你如果不会游泳就得学会。我不喜欢游泳池，不喜欢游泳，不喜欢游泳老师，并且过了这么多年还是不喜欢。我从未游过泳，却又终究通过了体育课，那时让另一位学生用我的体育课号码（978号），代替我游过了游泳池。他是个沉默寡言、性情温和的金发青年，473号，

名师释疑

惟妙惟肖：形容描写或模仿得非常好，非常逼真。

沉默寡言：不声不响，很少说话。沉默，不出声。寡，少。

名师指津

承上启下句。作者用幽默的语言讲述了"我"和一位体育生被两门大学课程弄得痛苦的事件，读来妙趣横生。

[（八）美 国]

要是我们能不被发现的话，他也会替我看显微镜的，但我们做不到不被发现。体育课上另一件讨厌事就是注册时得脱光衣服。我脱光衣服又被询问许多问题，自然是高兴不起来的。尽管如此，我还是没有差到那位就在我前面被盘诘的瘦高个子农科学生那种程度。他们问每一个学生是哪个学院的——也就是说，到底是艺术学院、工学院、商学院，还是农学院。"你是哪个学院的？"老师猛地询问我前面的那位青年。"俄亥俄州立大学。"他冲口而出。

做出学新闻学的决定的，并不是那位农科学生，而是另外一个十分像他的学生，也许是基于下述理由，即一旦农业垮台他就可转而从事报业。当然，他并没有意识到，那样做与向后倒在一套木工工具箱上没有什么两样。哈斯金斯似乎天生就不是搞新闻的材料，他与人交谈时手足无措，也不会打字，不过校刊编辑还是会派他去牛棚、羊舍、马厩及一般的畜牧部门进行报道。这是一个真正巨大的"采访领域"，因为上述畜牧部门占地面积是文学院的五倍，所获得的立法机关的拨款是文学院的十倍。这位农科学生了解动物，但他的文笔单调而毫无色彩。他每写一篇都花上整整一个下午的时间，因为他得在打字机上寻找每一个字母。每过一会儿他就得请人帮他寻，"C"和"L"这两个字母他尤难觅到。他的编辑终于对这位农夫记者不胜其烦，因为他的文章太索然乏味了。"我说，哈斯金斯，"有一天编辑对他厉声说道，"我们怎么从未从你那儿得到有关马厩那儿有滋有味的报道呢？咱们学校有200匹马——比加入西部联合会的哪一所大学都多，除了普渡大学之外——可你从未真正把它们写进去。喂喂，赶快到马棚去，挖掘出点活生生的东西。"哈斯金斯踉跄着出去了。大约一个小时以后又返回，他说他已有所得。"唔，赶快动手，"

名师指津
通过老师与农科学生的对话写出了这位农科学生的愚钝、木讷。这种所答非所问的对话令人感到啼笑皆非。

名师释疑
踉跄(liàng qiàng)：走路不稳的样子。

107

编辑说道，"写出点人家乐意看的东西。"哈斯金斯开始写作，几个小时后带来一张打好字的纸，放在桌上。这是一篇500字的文章，讲的是马群当中爆发的一种疾病。文章开头的那句话简单却又颇为醒目。那句子是："有谁注意到，畜牧楼里马的头顶上长了疮？"

（王义国　译）

假如给我三天光明

〔美〕海伦·凯勒

海伦·凯勒（1880—1968），美国盲聋作家、教育家、慈善家和社会活动家。主要著作有《假如给我三天光明》《我的生活》《我的老师》，自传《我生活的故事》与《海伦·凯勒的日记》。曾被美国《时代周刊》评为"20世纪美国十大英雄偶像"之一。

我们大家都读过激动人心的故事，故事中主人公的寿命已有限期。这段时间有时度日如年，有时一年短如一日。然而我们总是非常感兴趣地去探索那将死的人怎样度过他最后的时日。当然我说的是那些有选择权的自由人，而不是那些活动范围受到严格限制的犯人。

这样的故事对我们很有启发，使我们想到在同样的情况下该做些什么。作为一个快死的人，我们该用什么样的活动、什么样的经历、什么样的联想去填塞那最后的几小时？在回顾过去时，我们将发现做什么感到幸福，做什么感到后悔。

有时，我常这样想，当我今天活着的时候就想到明天可能死去，这或许是一个好习惯。这样的态度将使生活显得特别有价值。

名师指津

作者的幽默无处不在，全文以轻松的口吻叙述了"我"的大学生活，最后以一句"蠢话"结尾，其文字感染力渗透人心。

名师指津

关于人对待生命的态度问题，作者以一个身残志坚的女性视角进行了深刻的思考，她认为身体健全的人们如果能把每一天当成最后一天来过的话，他将会更加珍惜生命，更加珍惜造物主所赐予的一切。那么，他的生活也将过得更加有价值、有意义。

(八)美国

我们每天的生活应当过得从容不迫，朝气蓬勃，观察敏锐，而这些东西往往在日复一日、月复一月、年复一年的时间长流中慢慢消失。当然，也有一些人一生只知道吃喝玩乐，然而，多数人在确知死神将至时反而有所节制。

在那些故事中，那些将死的主人公往往在最后的时刻由于幸运降临而得救，并且从此以后他就改变了自己的生活准则。他变得更加明确生活的意义和它的永久神圣的价值。我们经常可以看到一些人，他们生活在死的阴影之下，却对他们所做的每一件事都怀着柔情蜜意。

然而，我们中的许多人却把生活看成理所当然的事。我们知道自己总有一天会死去，但我们总把那一天想得很遥远。当我们年富力强的时候，死亡好像是不可思议的，而我们也很少想到它。日子好像永远过不完似的。因此，我们一味忙于微不足道的琐事，却不知道这样对待生活的态度真是太消极了。

恐怕我们对自己所有官能和意识的使用也是同样的冷漠。只有聋子懂得听力的价值，只有瞎子体会得到看见事物的乐趣。这种意见尤其适用于那些在成年期丧失了视力与听力的人。然而，那些从未体会过失去视力和听力的人，却很少充分使用这些幸福的官能。他们的眼睛和耳朵模糊地看着和听着周围的一切，心不在焉，同样也漠不关心。人们对于自己的东西往往不知珍惜，而当失去时，才懂得它的重要；正如我们要到病倒时才认识身体健康的好处。

我经常这样想，如果每一个人在他的青少年时期都经历一段瞎子与聋子的生活，将是非常有意义的事。黑暗将使他更加珍惜光明；寂静将使他更加喜爱声音。

我经常考查我那些有视力的朋友们，问他们看到了什么。最近，我的一位好友来看我，她刚从森林里散步回来，问她都看到了些什么。她回答说："没有看到什么特别的东西。"如果我不

名师释疑

朝气蓬勃：形容充满了生命和活力的样子。朝，早上。蓬勃，旺盛的样子

名师指津

这是失明作者的内心世界，她渴望光明，却不能得到；她渴望声音，却无法听到。她是被幽禁在盲聋哑世界里的人。

是习惯听这样的回答，那我一定会对它表示怀疑，因为我早就相信，眼睛是看不见什么东西的。

我常这样问自己，在森林里走了一个多小时，却没有发现什么值得注意的东西，这怎么可能呢？我这个有目不能视的人，仅仅靠触觉都能发现许许多多有趣的东西。我感到一片娇嫩的叶子的匀称，我爱抚地用手摸着银色白桦树光滑的外皮，或是松树粗糙的表皮。春天，我满怀希望地在树的枝条上寻找着芽苞，寻找着大自然冬眠后的第一个标志。我感到鲜花那可爱的、天鹅绒般柔软光滑的花瓣并发现了它那奇特的卷曲。大自然就这样向我展现千奇百怪的事物。偶尔，如果幸运的话，我把手轻轻地放在一棵小树上，就能感到小鸟放声歌唱的欢蹦乱跳。我喜欢让清凉的泉水从张开的指间流过。对于我来说，芬芳的松叶地毯或轻软的草地要比最豪华的波斯地毯更受欢迎；四季的变换，就像一幕幕令人激动的、无休无止的戏剧，它们的行动通过我的指间流过。

有时，我在内心里呼唤着，让我看看这一切吧。仅仅摸一摸便给了我如此巨大的欢乐，如果能看到的话，那该是多么令人高兴啊！然而，那些有视力的人却什么也看不见，那充满世界的绚丽多彩的景色和千姿百态的表演，都被认为是理所当然的事。人类就是有点奇怪，对我们已有的东西往往看不起，却去想望那些我们所没有的东西。然而，这是非常可惜的，在光明的世界里，将视力的天赋只看作是为了方便，而不看作是充实生活的手段。

如果我是一所大学的校长，我将设一门必修课："怎样使用你的眼睛"。教授应当启发他的学生，如果他们能真正看清那些在他们面前不被注意而滑过的事物的话，那么他们的生活就会增加丰富多彩的乐趣。他应当努力唤醒他身上那些处于睡眠状态的、懒散的官能。

也许，我最好用想象来说明一下，如果我有三天能用眼睛看见东西的话，我最喜欢看到什么呢？同时，当我在想象时，我希

名师释疑

千奇百怪：十分的奇怪。形容各种各样奇怪的事物。

绚丽多彩：形容色彩华丽。

（八）美　国

望你也想一想这个问题，假如你只有三天能看到东西的话，你将怎样使用你的眼睛呢？假如你知道，当第三天黑夜来临以后，太阳就永远不会再从你面前升起，你将怎样度过这短暂插入的、宝贵的三天时光呢？你最高兴看到的是什么东西呢？

自然，我最希望看到的东西是那些在我的黑暗年代对我变得最亲切的东西。你也一定希望长时间地看着那些对你感到最亲切的东西。这样，你就可以把对它们的记忆带到黑夜里去。

如果靠某种奇迹我能有三天睁眼看东西的时间，然后又回到黑暗里去，我将把这三天分为三个阶段。

第一天，我要看到那些好心的、温和的、友好的、使我的生活变得有价值的人们。首先，我想长时间地盯视着我亲爱的老师安妮·莎莉文·麦西夫人的脸，当我还是孩子时，她就来到我家，是她给我打开了外部世界。我不仅看她的脸部的轮廓，为了将她牢牢地放进我的记忆，还要仔细研究那张脸，并从中找出同情的温柔和耐心的生动的形迹。她就是靠这些来完成教育我的困难任务的。我要从她的眼睛里看出那使她能坚定地面对困难的坚强毅力和她那经常向我显示出的对于人类的同情心。

我不知道怎样通过"心灵的窗户"——眼睛去探索一个朋友的内心世界。我只能通过指尖，"看到"一张脸的轮廓。我能觉察到高兴、悲伤和许多其他明显的表情。我了解我的朋友们都是通过摸他们的脸。但是，只凭摸，我不能准确说出他们的个人特征来。我知道他们的个性，当然还要通过其他方面，通过他们对我表达的思想，通过他们对我显示的一切行为。但是，我不认为对于我所深知的人，要想更深地了解他们，只能通过亲眼见到他们，亲眼看见他们对各种思想和环境的反应，亲眼看到他们的眼神和表情的即时的瞬间的反应。

我对于在我身边的朋友，了解得很清楚，因为，经过多年的接触，他们已向我显示了自己的各个方面。但是，对于那些萍水

名师指津

字里行间无不见作者对光明的渴望，而她的要求又是多么卑微，她只希求拥有三天的光明，但她却计划有三个阶段，这令人犹感光明的可贵。

◀ 名师释疑 ▶

萍水相逢：比喻向来不认识的人偶然相遇。

相逢的朋友，我只有一个不全面的印象，这个印象是从每一次握手，从我用手指摸他们的嘴唇或他们击拍我的手掌的暗语中得到的。

而对于你们那些视力好的人来说，要了解一个人就要容易得多和令人满意得多。你们只要看到他那微妙的表情，肌肉的颤动，手的摇摆，就能很快抓住这人的基本特点。然而，你是否想过要用你的视力看出一个朋友或是熟人的内在品质呢？难道你们那些视力好的人们中的大多数不都只是随便看看一张脸的轮廓，而且也就至此为止了吗？

例如，你能准确地说出五个好朋友的面孔吗？有些人可能说得出，但多数人却说不出。根据我的经验，我问过许多结婚很久的丈夫，他们的妻子的眼睛是什么颜色，他们经常窘态毕露，老实承认他们不知道。而且，顺便提一句，妻子们总是抱怨他们的丈夫不注意新衣服、新帽子和房间布置的变化。

视力正常的人很快就习惯于周围的环境，而事实上他们只注意那些惊人的和壮观的景象。然而，即使在看最壮观的景色时，他们的眼睛也是懒散的。法庭的记录每天都表明"眼睛的见证"是多么不准确。一件事将被许多人从许多不同的方面"看到"。有些人比别人看得更多些，但很少有人能将自己视力范围内的一切都看在眼里。

啊，如果我有视力能看三天的话，我该看些什么东西呢？

第一天将是一个紧张的日子。我要将我的所有亲爱的朋友们都叫来，好好端详他们的面孔，将他们内在美的外貌深深地印在我的心上。我还要看一个婴儿的面孔，这样我就能看到一种有生气的、天真无邪的美，它是一种没有经历过生活斗争的美。

我还要看看我那群忠诚的、令人信赖的狗的眼睛——那沉着而机警的小斯科第·达基和那高大健壮而懂事的大戴恩·海尔加，它们的热情、温柔而淘气的友谊使我感到温暖。

名师指津

这是作者的真心感触，三天的光明，该看什么呢？她的小心翼翼和满心欢喜只能永远存在于想象中。面对那千姿百态的世界，视力正常的人可能会对此熟视无睹，但对于一直生活在黑暗世界里的作者来说，她对繁华世界里的一切都充满着好奇和憧憬。

(八) 美 国

在那紧张的第一天里，我还要仔细观察我家里那些简朴小巧的东西。我要看看脚下地毯的艳丽色彩，墙壁上的图画和那些把一所房屋改变成家的熟悉的小东西。我要用虔敬的目光凝视我所读过的那些凸字书，不过这眼光将更加急于看到那些供有视力的人读的印刷书。因为在我生活的漫长黑夜里，我读过的书以及别人读给我听的书已经变成一座伟大光明的灯塔，向我揭示出人类生活和人类精神的最深泉源。

在能看见东西的第一天下午，我将在森林里做一次长时间的漫步，让自己的眼睛**陶醉**在自然世界的美色里，在这有限的几小时内我要如醉如狂地欣赏那永远向有视力的人敞开的壮丽奇景。结束短暂的森林之旅，回来的路上可能经过一个农场，这样我便能看到耐心的马匹犁田的情景（或许我只能看到拖拉机了！）和那些依附土地为生的人的宁静满足的生活。我还要为绚丽夺目而又辉煌壮观的落日祈祷。

当夜幕降临，我以能看到人造光明而体验到双重的喜悦。这是人类的天才在大自然规定为黑夜的时候，为扩大自己的视力而发明创造的。

在能看见东西的第一天夜里，我会无法入睡，脑海里尽翻腾着对白天的回忆。

翌日——也就是我能看见东西的第二天，我将伴着曙色起床，去看一看那由黑夜变成白天的激动人心的奇观。我将怀着敬畏的心情去观赏那光色的令人莫测的变幻，正是在这变幻中太阳唤醒了沉睡的大地。

我要把这一天用来对整个世界，从古到今，做匆匆的一瞥。我想看看人类进步所走过的艰难曲折的道路，看看历代的兴衰和沧桑之变。这么多的东西怎能压缩在一天之内看完呢？当然，这只能通过参观博物馆。我经常到纽约自然历史博物馆去，用手无数次地抚摸过那里展出的物品，我多么渴望能用自己的眼睛看

名师释疑

陶醉：很满意地沉浸在某种境界或思想活动中。

名师指津

人类为扩大自己的视力而发明电灯等可以在黑夜里亮起来的东西，而作者在渴望自己白天拥有光明后，晚上也能不因黑夜而失去光明，这是作者的一种喟叹，也是她的一种希冀。

名师指津

反问句抒写了作者内心的真实感受。她太渴望看见这个世界了，对世界上的万事万物充满了一探究竟的期待。渴望光明的这种强烈的感情喷涌而出，她顿时意识到一天的时间是太过仓促了，还来不及深入地了解整个世界。

113

名师释疑

栩栩如生：形容画作、雕塑中的艺术形象等生动逼真，就像活的一样。栩栩，形容生动活泼的样子。

中楣：屋顶也分几层，各个柱顶由楣梁连接，安在楣梁上的是中楣，它是被排档间饰分隔开的一系列装饰性的三陇板（一种带三条竖向凹槽的石板）。

名师指津

作者虽然生活在一个无声、无光的孤独世界，但是这无法阻碍她那颗强烈的渴望了解世界的心。虽然她的躯体并不强健，但她的勇敢却寓于灵魂之中。她用自己顽强的学习能力和极为丰富的想象力抚摸这个世界，她一直致力于通过艺术对这个世界进行探索。

一看这经过缩写的地球的历史，以及陈列在那里的地球上的居民——各种动物和按生活的天然环境描绘的不同肤色的人种；看看恐龙的巨大骨架和早在人类出现以前就漫游在地球上的柱牙象，当时的人类靠自己矮小的身躯和发达的大脑去征服动物的王国；看看那表现动物和人类进化过程的逼真画面，和那些人类用来为自己在这个星球上建造安全居处的工具，还有许许多多自然历史的其他方面的东西。

我不知道本文读者中究竟有多少人曾仔细观察过在那个激动人心的博物馆里展出的那些<u>栩栩如生</u>的展品的全貌。当然不是人人都有这样的机会。不过我敢断言，许多有这种机会的人却没有很好地利用它。那里实在是一个使用眼睛的地方。你们有视力的人可以在那里度过无数个大有所获的日子，而我，在想象中能看东西的短短的三天里，对此只能做匆匆的一瞥便得离去。

我的下一站将是大都会艺术博物馆。正像自然历史博物馆揭示了世界的物质方面那样，大都会艺术博物馆将展现出人类精神的无数个侧面。贯穿人类历史的那种对于艺术表现形式的强烈要求几乎和人类对于食物、住房、生育的要求同样强烈。在这里，在大都会博物馆的巨型大厅里，当我们观看埃及、希腊、罗马的艺术品时就看到了这些国家的精神面貌。通过我的双手，我很熟悉古埃及男女诸神的雕像，感觉得出复制的巴台农神庙的<u>中楣</u>，辨别得出进攻中的雅典武士的优美旋律。阿波罗、维纳斯以及撒摩得拉斯岛的胜利女神都是我指尖的朋友。荷马那多瘤而又留着长须的相貌对我来说尤为亲切，因为他了解盲人。

我的手在罗马以及晚期那些栩栩如生的大理石雕塑上停留过，在米开朗琪罗那激动人心的英雄摩西石膏像上抚摸过，我了解罗丹的才能，对哥特式木刻的虔诚精神感到敬畏。<u>这些能用手触摸的艺术品我能理解它们的意义，然而那些只能看不能摸的东西，我只能猜测那一直躲避着我的美。我能欣赏希腊花瓶简朴的</u>

114

(八) 美 国

线条，然而它那带有图案的装饰我却毫无所识。

就这么着，在我看见东西的第二天，我要设法通过艺术去探索人类的灵魂。我从手的触摸里了解的东西现在可以用眼睛来看了。整个宏伟的绘画世界将向我敞开，从带有宁静宗教虔诚的意大利原始艺术一直到具有狂热想象的现代派艺术。我要细细观察拉斐尔、莱昂纳多·达·芬奇、提香、伦勃朗的油画，也想让眼睛享受一下委罗涅塞艳丽的色彩，研究一下艾尔·格里柯的奥秘，并从柯罗的自然里捕捉到新的想象。啊，这么多世纪以来的艺术为你们有视力的人提供了如此绚丽的美和这样深广的意义！

凭着对这艺术圣殿的短暂访问，我将无法把那向你们敞开的伟大艺术世界每个细部都看清楚，我只能得到一个表面的印象。艺术家们告诉我，任何人如果想正确地和深刻地评价艺术，就必须训练自己的眼睛，他得从品评线条、构图、形式和色彩的经验中去进行学习。如果我的眼睛管用的话，我将会多么愉快地去着手这件令人心醉的研究工作。然而有人告诉我，对于你们许多有视力的人来说，艺术的世界是一个沉沉的黑夜，是一个无法探索和难以找到光明的世界。

我怀着无可奈何的心情，勉强离开大部会博物馆，离开那藏着发掘美的钥匙的所在——那是一种被如此忽略了的美啊。然而有视力的人并不需要从大都会博物馆里去找到发掘美的钥匙。它在较小的博物馆里，甚至在那些小图书馆书架上的书本里也能找到。自然在我想象中能看见东西的有限时间里，我将选择这样一个地方，在那里发掘美的钥匙能在最短的时间内打开最伟大的宝库。

我将在戏院或电影院度过这能看见东西的第二天的夜晚。我目前也经出席各种类型的表演，可剧情却得让一位陪同在我手上拼写。我多么想用自己的眼睛看一看哈姆雷特那迷人的形象和在穿五光十色的伊丽莎白式服装的人物中间来来去去的福斯泰

名师指津

在作者想象的拥有视力的这一天里，对博物馆的短暂的访问显然使她意犹未尽，"无可奈何"写出了作者对博物馆里的艺术品充满了留恋之情，她只能强迫自己离开那个带来美好的艺术享受的地方。

名师释疑

全神贯注：全部精神集中在一点上。形容注意力高度集中。

巴甫洛娃：20世纪初芭蕾舞坛的一颗巨星。10岁时考进圣彼得堡舞蹈学校，经过九年的艰苦训练进入马林斯基剧院芭蕾舞团并迅速升为该团首席女演员。

名师指津

作者通过丰富的想象，对自己拥有光明的一天做了描述，她记录了自己是怎样愉悦而又遗憾地度过了第二天的时光。她还来不及细细品味戏剧中的高大形象的美好，时间就悄无声息地从指尖溜走了。

夫。我多么想模仿优雅的哈姆雷特的每一个动作和健壮的福斯泰夫高视阔步的一举一动。由于我只能看一场戏，这将使我处于进退两难的境地，因为我想看的戏实在太多了。你们有视力的人想看什么都行，不过我怀疑你们之中究竟有多少人当<u>全神贯注</u>于一场戏、一幕电影或别的景象的时候，会意识到并感激那让你享受其色彩、优美和动作的视力的奇迹呢？

除了在用触摸的有限范围内，我无法享受节奏感动作的美。尽管我知道节奏欢快的奥妙，因为我经常从地板的颤动中去辨别音节的拍节，然而我也只能朦胧地想象<u>巴甫洛娃</u>的魅力。我想象得出那富于节奏感的姿势，肯定是世间最赏心悦目的奇景。从用手指循着大理石雕像线条的触摸里我能推测出这一点。如果静止的美已是那么可爱的话，那么看到运动中的美肯定更令人振奋和激动。

我最深切的回忆之一是当约瑟夫·杰斐逊在排练《可爱的瑞普·凡·温克尔》做着动作讲着台词的时候，让我摸了他的脸和手。对戏剧我就只这么一点贫乏的接触，也将永远不会忘记那一时刻的欢乐。啊，我肯定还遗漏了许多东西。我多么羡慕你们有视力的人能从戏剧表演中通过看动作和听台词而获得更多的享受。如果我能看戏，哪怕只看一场也行，我将弄明白我读过或通过手语字母的表达而进入我的脑海的一百场戏的情节。

这样，通过我想象中能看见东西的第二天的夜晚，戏剧文学中的许多高大形象将争先恐后地出现在我的眼前。

第二天的早晨，怀着发现新的欢乐的渴望，我将再次去迎接那初升的旭日，因为我深信，那些有眼睛能真正看到东西的人肯定会发现，每个黎明都会展现出千姿百态、变幻无穷的美。

根据我想象中的奇迹的期限，这是我能看见东西的第三天，也是最后一天。我没有时间去悔恨或渴望，要看的东西实在太多了。我把第一天给了我的朋友，给了那些有生命和没有生命的东

（八）美　国

西。第二天我看到人类和自然的历史面目。今天我要在现实世界里，在从事日常生活的人们中间度过平凡的一天。除了纽约你还能在别的什么地方发现人们这么多的活动和这样纷繁的情景呢？于是这座城市成了我选择的目标。

我从长岛森林山我的恬静的乡间小屋出发。这里，在绿草坪、树木、鲜花的包围中是一片整洁小巧的房屋，到处充满妇女儿童谈笑奔走的欢乐，真是城市劳动者的安静的休息之所。当我驾车穿过横跨东河的钢带式桥梁时，我又开了眼界，看到人类智慧的巧夺天工和力大无穷。河上千帆竞发，<u>百舸争流</u>。如果我从前曾有过一段未盲的岁月，我将用许多时间来观赏河上的热闹风光。

举目前望，面前耸立着奇异的纽约塔群，这城市仿佛是从神话故事的书页中跳出来似的。这是多么令人敬畏的奇景啊！那些灿烂夺目的尖塔，那些用钢和石块筑起的巨大堤岸，这些建筑就像神为自己修造的一样。这幅富有生气的画卷是千百万人每日生活的一部分，我不知道究竟有多少人愿意对它多看一眼？恐怕是很少、很少。<u>人们的眼睛之所以看不见这壮美的景观，是因为这景象对他们太熟悉了。</u>

我匆匆忙忙登上那些大型建筑之一——帝国大厦的顶层。不久之前我从那里通过秘书的眼睛"看到"了脚下的城市。我急于要把想象力和真实感做一次比较。我相信在我面前展开的这幅画卷决不会使我感到失望，因为对我来说它将是另一个世界的景象。

现在我开始周游这个城市。首先我站在热闹的一角，仅仅看看来往的人群，想从观察中去了解他们生活中的一些东西。看到微笑，我感到欣慰；看到果断，我感到骄傲；看到疾苦，我产生怜悯。

我漫游到第五大街，让视野从聚精会神的注视里解放出来，以便不去留意特殊的事物而只看一看那瞬息万变的色彩。我相信那穿流在人群中的妇女装束的色彩，肯定是我永看不厌的灿烂奇观。不过，假如我的眼睛管用的话，或许我也会像大多数妇女一

名师释疑

百舸争流：出自毛泽东诗词《沁园春·长沙》。成语的意思为上百条船争着在水上疾驶。意指很多人都在奋勇前进。百，虚指。舸，船的意思。

名师指津

人们对于习以为常的事物往往会视若无睹，即使是面对蔚为壮观的美景，人们也无法倾注更多的关注。而对于像作者这样的盲聋哑人来说，这世界上的一切却是处处充满着新奇的诱惑力，她是多么渴望尽可能多地去了解、去探索这个世界。

117

样，过多地注重个别的服装的风格和剪裁式样而忽略成群的色彩的壮美。我还确信我会变成一个在橱窗前溜达的常客，看着那多姿多彩、五光十色的陈列品，一定感到赏心悦目。

我从第五大街开始游览整个城市——我要到花园大街去，到贫民区去，到工厂去，到孩子们玩耍的公园去。通过对外国居民的访问我对异国做了一次不离本土的旅行。对于欢乐和悲哀我总是睁大眼睛去关心，以便能深刻探索和进一步了解人们是如何工作和生活的。我的心里充满了对人和物的憧憬，我的目光不会轻易放过任何一个细小的东西，它力求捕捉和紧握它所目及的每一件事物。有些场面是令人愉快的，它让你内心喜悦，可有些情景却使人感到悲哀和忧郁。对后者我也不会闭上睛，因为它们毕竟也是生活的一部分，对它们闭上眼睛就等于封锁心灵，禁锢思想。

我能看见东西的第三天就要结束了，或许我应该把这剩下的几小时用在许多重要的探索和追求上，可是我怕在这最后一天夜晚，我还会再次跑到剧院去看一出狂喜的滑稽戏，以便能欣赏人类精神世界里喜剧的泛音。

到午夜，我从盲人痛苦中得到的暂时解脱就要终结了，永久的黑暗将重新笼罩我身。当然我在那短暂的三天时间里，不可能看完我要看的全部事物，只有当黑暗重新降临时，我才会感到我没有看到的东西实在太多了。不过我脑海中会塞满那壮丽的回忆，以至根本没时间去懊悔。今后无论摸到什么东西都会给我带来那原物是什么形状的鲜明回忆。

如果你有朝一日也将变成一个盲人，你或许对我这如何度过三天可见时光的简要提纲感到不合适而做出自己的安排。然而，我相信，如果你真的面临那样的命运，那你的眼睛将会向过去从不留神的事物睁开，为即将来临的漫长黑夜储存记忆。你将会一反过去的常习去使用自己的眼睛，你所看到的东西都会变得非常亲切，你的目光将捕捉和拥抱任何进入你视野之内的东西，最后

名师释疑

赏心悦目：指因欣赏美好的情景而心情舒畅。

名师指津

作者的三天光明即将消逝，永久的黑夜将重新或者永远笼罩着她，失明的痛苦跃然纸上。

(八)美 国

你会真正看到一个美丽的新世界在你面前敞开。

我,一个盲人,向你们有视力的人做一个提示,给那些善于使用眼睛的人提一个忠告:想到你明天有可能变成瞎子,你就会好好使用你的眼睛。这样的办法也可使用于别的官能。想到你明天有可能变成聋子,你就会更好地去聆听声响,鸟儿的歌唱,管弦乐队铿锵的旋律。去抚摸你触及的那一切吧,假如明天你的触觉神经就要失灵;去嗅闻所有鲜花的芬芳,品尝每一口食物的滋味吧,假如明天你就再也不能闻也不能尝了。让每一种官能都发挥它最大的作用,为世界通过大自然提供的各种接触的途径向你展示的多种多样的欢乐和美的享受而自豪吧。不过在所有的官能中,我相信视力是最令人欣喜的。

(王海珍 译)

名师指津

作者结合自己的亲身经历和感受向人们发出了善意的忠告,她呼吁健全的人们充分调动自己的每一种感官,充分了解、探索这个世界,将每一天都过得充实而有意义。

名师赏析

美国散文题材广泛,包含人文、景色描写、美国梦等等,其中《我有一个梦想》的总主题就是唤起群众的美国梦,鼓励大众不与现实妥协,追求自由和平等。从美国散文中,我们可以看到美国社会的文化。美国散文是美社会生活的缩影。

学习借鉴

好词

惊心动魄　趋之若鹜　无与伦比　骇人听闻

好句

* 这一庄严宣言犹如灯塔的光芒，给千百万在那摧残生命的不义之火中饱受煎熬的黑奴带来了希望。它之到来犹如欢乐的黎明，结束了束缚黑人的漫漫长夜。

* 艺妓的发髻墨云般黑亮，头盔般扣上她厚施脂粉的脸，又像近卫军的高顶熊皮帽，威临、加冕在这娇弱的身子那有分寸的、仪式般的姿势上，它的沉重叫人替她娇嫩的脖子捏一把汗。

思考与练习

1. 《假如给我三天光明》的中心思想是什么？
2. 《大学生活》这篇文章的语言有什么特点？

(九)埃 及

名师导读

20世纪90年代以来，埃及散文引起了越来越多研究者的关注。埃及的散文将学、识、情融会贯通，其文本凸显静观的文化特征，感知相依、情理相融。作家在文化静观中展示了自身独特的文化品位，通过超然的才情、非凡的睿智、独特的幽默及渊博的知识来保持知识分子特有的独立性。

尼亚加拉瀑布

〔埃及〕迈哈穆德·台木尔

迈哈穆德·台木尔（1894—1973），埃及作家及近代现实主义文学的重要代表。他生于贵族世家，书香门第。其父是著名学者和典籍收藏家，对语言、文学、历史都有较深的造诣；其兄是埃及近代小说和戏剧艺术的先驱之一。台木尔自幼受父兄的熏陶，幼小即接触阿拉伯从古代到近代的文学。1911年赴巴黎学习法律，却把时间主要用来研读莫泊桑、屠格涅夫、契诃夫等现实主义大师的作品，

名师释疑

书香门第：旧时指出自读书人家庭，泛指好的家庭背景。

学习他们的表现技艺和手法。1917年回国进行剧本创作，同年发表了埃及第一篇短篇小说。1925年出版第一部短篇小说集，从此以现实主义的作品著称于文坛。台木尔的短篇小说集多达26部，包括近400篇作品，曾多次获奖。代表作品有《茹玛教长及其他》《彩票》《沙良总督的姑妈》《塔瓦杜德太太》《成功》；剧本有《深渊》《笼中鸟》《友好往来》；还有反映少年儿童生活的短篇佳作，其中尤以《小耗子》传播最广。

名师释疑

桎梏：中国古代的刑具，在足曰桎，在手曰梏，类似于现代的脚镣、手铐。引申为束缚、压制之意。

名师指津

置身于尼亚加拉瀑布前，作者感触颇深。他不仅近距离地感触着那里独有的一切，而且还发现了一个绝美之地。这样的景物使他身心愉悦。

人们常寻游览之地，借以摆脱工作的桎梏，舒身散心，以求活力再生。

或赴圣地探访，以求心清神怡；或去知识源苑，探索思想与文明。

站在尼亚加拉大瀑布前，我感触到了那里的一切：在那里，我找到了体育的馥郁、知识的食粮和灵魂的药饵；在那里，我发现了一个绝美之地，置身其中，顿感头脑清醒，精神愉快，身体健壮。

我虔诚地站在这些瀑布前，便感触到了安拉的灵魂。安拉的光芒使我欣慰异常，有如一柄火炬，照亮了一切，造物主之伟大、万物之谜皆清晰可见。

放眼望去，但见激流汹涌，波涛澎湃。那喧腾的咆哮声，似向苍穹叙说着居住在大瀑布附近地域的世代印第安人的历史。

一幅自然奇妙景观映入我的眼帘。

在这里，为什么大地那样谦恭，听凭巨流裂劈，留下若干岛屿、沙滩和沟壑？

那是一次壮游。我们在美国常常谈起尼亚加拉瀑布，颇想一游。

清晨自纽约出发。我们乘坐的火车像是在探测大地的厚度，只觉它穿凿地腹，专在狭窄之处寻觅出口。火车终于开到地面。继之驶向北方。前面出现一片灯光，列车已行驶在伸着双臂怀抱

(九)埃 及

阔野的城市；继续前进，安抵大瀑布城时，天色已经暗下来。

那是一座雅致、恬静的地方，高楼鳞次栉比，或上摩苍天，或下沉深渊。那是个游客之乡，店铺、餐馆、俱乐部及各种生活设施无不打着旅游特色的烙印。

放眼四周，目光所到之处，尽是宽敞花园、广阔森林，一个个岛屿由一座座桥梁串联着，宛如一位高明画师精心选色绘成的一幅油画。

假若你在城市的马路上站一会儿，就会听到一种经久萦绕的回声，不知其源，似远方天际间有人互问互答，莫名其妙，令你不禁心惊。但是，你只要留心细听，尚可辨清那隐隐约约的呼喊声："谁呀？……怎么样……"似有一种无名动力唤起你对那呼唤声的留恋与向往，使你情不自禁地迈开双脚向前走去，很快便来到岛上的一座公园，眼前展现出一片望不到尽头的水毯。

那是一片景况奇异的水面：时而恬恬流动，平静缓慢；时而波涛汹涌，如搏似斗。

穿行花园、森林，大自然的奇丽金秋壮景令人大饱眼福。

最使人惊佩叹服的恐怕是覆盖大地的茫茫叶海，海浅不怕淹没，双脚踏上去，沙沙涛声可闻，仿佛在悄悄倾吐肺腑之语。

无论把目光转向何方，大自然都会盛装欢迎你。有的树木依然葱郁青翠，有的色呈红黄，有的叶子已经落完，落叶在微风中聚集蜷缩，像是在逃避观者的目光。

继续前行，你会自感双脚正将你送往既定的目的地。每走一程，咆哮声愈大，轰鸣声愈强，突然间，你的心跳加速，步子自然加快，迅速穿过园林。当你的脚步放慢时，巨大的咆哮声却催促你疾行，一直到达目的地。

当你站在一块高地上，放眼前方时，只见那里横卧着一道深沟，左右两侧汪洋倾泻，排射出队队雄兵，彼起此伏，你争我斗；又见远处大河当中，卷起重重浪波，似乎都在想纵身一跃而制服

◀ 名师释疑 ◀

鳞次栉比：像鱼鳞和梳子齿那样有次序地排列着。多用来形容房屋或船只等排列得很密、很整齐。

情不自禁：感情激动得不能控制，强调完全被某种感情所支配。

名师指津

作者细致地观察那景况奇异的水面，既描写了水面平静和缓的流动，也描写了波涛汹涌的壮观。抓住了不同景况下水面的特点，多角度地进行描写。

二十世纪外国散文精选

名师释疑

叹为观止：指赞美所见到的事物好到了极点。叹，赞赏。观止，看到这里就够了，意指到了极致。

名师指津

眼前的景色令作者心神荡漾，他沉醉其中，不能自拔，直到轻拂的微风将他唤醒。这样的景象在作者心中留下了难以磨灭的印象，令作者感受到自然景观的美妙与神圣。

对手。

转眼凝视那飞身直下的队队雄兵，但见白色云雾横飞，太阳取之裁衣，绘上七彩虹霓，色泽鲜艳夺目，令人眼花缭乱，不禁<u>叹为观止</u>。你必定会留心观看那些勇敢搏斗的兵士，直到入河之处，才能打开脱逃之路。

那么，你应该准备进行一次小小的安全冒险，仅需穿上防水甲胄。因为你站的地方接近河流怀抱，那里正是溃兵逃遁必经路口。

只要像敢冒海险的渔夫，穿上一件从头包到脚的橡皮衣裤也就够了。

你站在那里，会将一切淡忘，不是打盹，而是微醉，直到夜晚微风轻轻吹拂之时，你方如梦初醒，重返现世，披上衣衫，返回住所。你像是远行归来，长途跋涉给你的心神生活留下了不可磨灭的印象。

（李唯中　译）

名师赏析

埃及散文艺术中，感知相依、情理相融是其最显著的特征。埃及散文作家认为知性与感性、哲学与艺术之间的融合贯通才是散文的最高境界。

纵观埃及散文作品，其行文之间有其独有的语言基调——亦庄亦谐，寓庄于谐，其话语系统更显独特。这种寓庄于谐的语言风格刚好迎合轻松、好看的艺术理念，以话语系统的文化特征、古典特征构成其文章的庄重基调，又以幽默谐趣的语言去化解那份书生气，为文章添彩。

(九) 埃 及

学习借鉴

好词

舒身散心　如搏似斗　眼花缭乱　如梦初醒　不可磨灭

好句

* 站在尼亚加拉大瀑布前，我感触到了那里的一切：在那里，我找到了体育的馥郁、知识的食粮和灵魂的药饵；在那里，我发现了一个绝美之地，置身其中，顿感头脑清醒，精神愉快，身体健壮。

* 在这里，为什么大地那样谦恭，听凭巨流裂劈，留下若干岛屿、沙滩和沟壑？

* 最使人惊佩叹服的恐怕是覆盖大地的茫茫叶海，海浅不怕淹没，双脚踏上去，沙沙涛声可闻，仿佛在悄悄倾吐肺腑之语。

* 当你站在一块高地上，放眼前方时，只见那里横卧着一道深沟，左右两侧汪洋倾泻，排射出队队雄兵，彼起此伏，你争我斗；又见远处大河当中，卷起重重浪波，似乎都在想纵身一跃而制服对手。

思考与练习

1. "只要像敢冒海险的渔夫，穿上一件从头包到脚的橡皮衣裤也就够了"这句话是什么意思？

2. 为什么说"你站在那里，会将一切淡忘"？

（十）德　国

名师导读

　　德国的散文偏重于知性，作者漫谈社会问题和文化现象，纵论人生和人性，政治、经济、时事、历史、书刊、学术无不涉及。作者出入古今，力求在每篇文章中都表现自己的见解，显示其敏感多思的心灵。德国散文具有深邃的思想内容，经得起咀嚼和回味。

童年杂忆（节选）

〔德〕亨利希·曼

　　亨利希·曼（1871—1950），德国杰出的批判现实主义小说家，著名作家托马斯·曼的哥哥。出生于一个富商家庭，父亲去世后家道中落，当过书店店员和印书馆职员，曾在慕尼黑念大学，后专门从事写作。亨利希·曼是大小说家，主要从事长篇小说的创作，一生共创作19部长篇小说，55部中、短篇小说，11部剧本和大量政论、散文。代表作有《臣仆》《精神与事业》《伟大的爱》《勒格洛斯女士》。

（十）德 国

  童年往事，对于我的一生一定也是有影响的。但我不知道，我能否把这些往事回忆起来，编撰成一本书。每当我忆起一件事情时，总会联想起其他几件事情来。现在，我就说其中一件。

  那是在七十年代的卢卑克，一个冬天的下午，一条坑坑洼洼的街道上结了冰，很滑，天几乎是黑的。立在每家门口的煤气路灯只能照着门前。远处传来门铃的响声，说明有人进了那幢房子。这时，一个女仆拉着一个小男孩在街上走着，这男孩就是我。街上像溜冰场一样光滑，我挣脱了她的手，顺着街面溜下去，越溜越快。就在快到十字街口的一瞬间，忽然，一位衣衫褴褛的妇女从横街走出来，她手上的头巾包着什么东西。我一时刹不住脚步，冲到她身上去，她猝不及防，路又滑，被我撞倒了。我在黑暗中逃跑了。

  但是，我听到盘子打碎的声音，原来那个妇女的头巾里包着一只盘子。我闯祸了！我停住脚步，心里怦怦直跳。女仆终于赶上了我。我说："我不是有意的。"

  "她今晚没饭吃了，"女仆说，"她的小儿子也没饭吃了。"

  "你认识她吗，施蒂娜？"

  "她可认识你呢。"施蒂娜回答。

  "她会来我们家告诉爸爸妈妈吗？"

  施蒂娜点点头，吓唬我。我害怕起来。

  我们全家正在忙碌，因为明天过节。这个节比任何节日都隆重：举行化装舞会。这天晚上，我没有忘记黄昏时那件蠢事，以及它带来的威胁。上床以后，我还在倾听着门铃声，担心是不是那个妇女来了。她现在没有饭吃，她的小儿子也没有饭吃。我感到很不好受。

  第二天，当施蒂娜到学校接我回家时，我第一句话就是向她打听那个妇女的事。我问："她来过我们家吗？"女仆想了一下，说没有来。但她又说，那个妇女肯定会来找我的。一直到晚上，

名师指津

每个人的童年对其三观的形成和怎样去做一件事都有一定的影响，其性格养成大多在童年。

名师指津

将街面形容成溜冰场，极言街面在结冰之后非常之滑，为后文故事情节的展开埋下伏笔，推动了故事情节的发展。

❖ **名师释疑** ❖

猝不及防：事情突然发生来不及防备。

名师释疑

金碧辉煌：形容建筑物装饰华丽，光彩夺目。

挥霍无度：意思是花销没有节制。无度，没有限度。

名师指津

通过比喻修辞写出了这些富贵人士的衣香鬓影，他们盛装打扮，沉溺于欢乐的气氛中不能自拔，这也与贫穷人的生活形成了鲜明的对比。

我还在害怕。然而，家里轻松而热烈的气氛感染了我。大家都在等待举行舞会。大厅里灯火通明，充满了花香和不寻常的气味。妈妈打扮得很漂亮。第一批客人已经来到，那是妈妈的年轻女友，还有一位从不莱梅来的小姐，她是一个人来的，住在我们家里，我总是缠着她。后来，大家都化了装，戴起假面具，但我熟悉内情，知道那个吉卜赛女郎是谁扮的，那个红桃Q又是谁扮的。

现在我必须睡觉去。但我又悄悄地起了床，穿着很少的衣服，摸上楼去，化装舞会已经开始。大厅前面那些房间都空着，舞会改变了一切，我几乎认不出原来那些房间。要是有人走进来，我就赶紧躲到隔壁房间去，这样我跑遍了所有的房间。大厅里的舞会莫名其妙地吸引了我，那里金碧辉煌，传出了音乐声、脚步声、人声和温暖的香气。最后，我径直来到大厅的门背后，那是冒险的，也是值得的。我看见了被柔和的灯光照耀着的裸露的肩膀，看见了像珠宝一样闪烁的头发，看见了像生命一样发光的宝石。人们毫不疲倦地旋转着。爸爸化装成一个外国军官，头发扑了粉，腰间佩着剑，我看了很得意。妈妈化装成一个红桃Q，她靠在爸爸身边，比平时更奉承他。但是当我看到从不莱梅来的那位小姐时，就无话可说了，我只觉得她溜到一位先生的身边去，依偎着他，但愿他不知道她是谁扮的。当时我只有七岁，站在舞厅的门后看到了这一切，高兴得不知如何是好。

舞厅的装饰体现出一种柔和、明快的风格。我后来才知道这种风格叫"洛可可"，大约十年前才从巴黎传过来的。那些舞步，四人舞、快步舞也是从那里传来的。每个细节都是事后从拿破仑三世和美丽的欧仁妮的皇宫传出来的。他们挥霍无度，可是他们的社交风气曾经流行一时，一直流传到我们这个德国北方的小城市。沙龙文化当时是最受人重视的。礼节后来也没有像当时那么讲究。人们常做哑谜游戏，猜谜，太太们在她们女友的扇子上面画水彩画，那些奉承她们的先生们则在扇子上写下他们的姓名。

(十) 德 国

在那个世界，人们常做文字游戏。那是一种奇特的发明，我那时还不懂，后来才从书上知道它的道理。在拿破仑狭窄的圈子里，往往有人说出一句话叫别人写出来。这种游戏是为了发现谁的错别字最少。这种市民的游戏也适合于当时的卢卑克。

化装舞会是豪华而高贵的，不仅迎合那些一直统治着巴黎的冒险家的癖好，而且吸引着德国的上层人物。舞会最后总是以"活的形象"结束，那是为了展览当天的美女和那些奉承她们的高贵男子……躲在门后的小男孩紧张地等待着，生怕看不到这些活的形象。

突然，门被我撞开了，有人发现了我。那是一个佣人，他叫我，说楼下有个妇女找我。他没有注意到我当时吓得脸都变白了，晃动着他的燕尾服下摆走开了。我独自站在那里，思考着该怎么办。如果我不下楼见那个妇女，谁知道她会不会直接上舞厅来，那时就糟了。我宁可自己受点委屈。

那个妇女站在灯光微弱的大门前。她的身后是一个黑暗的房间。她还像昨天那样，穿着一身褴褛的衣衫，一动也不动，好像是从黑暗中突然冒出的一座良心雕像。我越来越迟疑地走近她。我要问她对我有什么要求。可是，我说不出话来。"你打碎了我的盘子，"她很低沉地说，"我的小儿子没有饭吃了。"听了她的话，我也哽咽起来。别的小孩的遭遇感动了我。就像我现在被人叫下楼来一样难过。

我到厨房拿点吃的给她，好不好呢？

但是，厨房里到处都是女仆和佣人，我的举动瞒不了他们。于是我结结巴巴地对她说："请您等一等。"说完我走进她身后那个黑暗的房间。那里挂着客人们的大衣，我从大衣丛中钻过去，一直钻到堆放我的玩具和书的地方，我拿着这些东西，甚至要拿那只天鹅展翅的可爱的花瓶，但是那只花瓶不是我的。我把这些东西都送给了那个妇女，她接过后放在她的篮子里，走了。我也赶快跑开，去上床睡觉了。

名师指津

对七岁的"我"来说，舞会是好玩而有趣的，而"我"不能在舞会上，"我"只能偷窥。

名师指津

神态描写突出了"我"忐忑不安的心情，"我"意识到，自己担心的事终于要发生了，"我"是躲不掉家人的责备了。

名师指津

对妇女的衣着再次进行简洁的描写，刻画出妇女贫穷、困顿的形象，眼前的景象更加深了"我"内心的自责与愧疚之情。

129

名师指津
心里的良心雕像是施蒂娜帮"我"树立起来的，并让"我"的良心雕像在童年时就屹立不倒。

我睡得比昨晚更安静些……奇怪的是，第二天，当我放学回家时，发现我送出去的东西都重新摆在原来的位置上。我不能理解。我把我的心思透露给施蒂娜。起初她也表示惊讶，但很快禁不住笑了起来。她笑了以后我才怀疑了她。原来，昨天晚上，那座良心雕像，那个为了我的罪过而挨饿的小孩子的不幸的母亲就是她扮的。

事实上，也许根本没有人挨饿。天知道，那天晚上打碎的是否只是一只盘子。施蒂娜是个很好的演员，她演出了她自己导演的一幕悲剧。但我不会忘记这件往事。当时我只有七岁，正沉入在表面上的繁华幸福生活的时候，曾有一次从别人拉开的帷幕背后看见了贫穷，看见了自己的过错。

这是一个印象，这不也是一次教训吗？在七十年代的卢卑克是不容易看见贫穷的。当我和奶奶一起到郊外散步时，我看见路边坐着敲石头的人，或是类似这一阶层的人，他们围着一个菜盆子吃饭。奶奶诚恳而热情地对他们说："祝大家胃口好！"这些"大家"先是愣了一下，因为这种说话的口气是他们难得听到的。随后，他们就表示感谢。

（郑晓方　译）

懒惰哲学趣话

〔德〕海因里希·伯尔

名师释疑
法西斯：一种疯狂地侵略其他国家，残害别族人的生命的思想。是一种国家民族主义的政治运动，是各种崇尚暴力的国家主义和极权主义运动。

海因里希·伯尔（1917—1985），德国著名作家。1939年入科伦大学学习日耳曼语文学，同年应征入伍，直至第二次世界大战结束。他曾负过伤，当过俘虏，对法西斯的侵略战争深恶痛绝。海·伯尔的文学活动开始于第二次世界大战之后，从1946至1952年先后发表了许多取材于二战，以揭露法西斯战争的罪恶为主题，反映德国人民的苦难生活，基调抑郁、灰暗的作品。代表作品有长篇小说《亚

（十）德 国

当，你曾在哪里？》、中篇小说《火车正点》、短篇小说《飞刀艺人》。1953到1965年，作品主题从批判战争转为批判战后西德社会，主要代表作有《一声没吭》《小丑之见》。1972年获诺贝尔文学奖。在早期作品中，伯尔审视纳粹主义的恐怖统治，看到战争和政治力量给普通民众带来的毫无意义的苦难。在后期作品中，他猛烈抨击经济繁荣下的道德沦丧，批评社会和宗教机构的专横和虚伪。

  欧洲西海岸的某港口泊着一条渔船，一个衣衫寒碜的人正躺在船里打盹儿。一位穿着入时的旅游者赶忙往相机里装上彩色胶卷，以便拍下这幅田园式的画面：湛蓝的天，碧绿的海翻滚着雪白的浪花，黝黑的船，红色的渔夫帽。"咔嚓！"再来一张，"咔嚓！"好事成三嘛，当然，那就来个第三张。这清脆的、几乎怀着敌意的声音把打盹儿的渔夫弄醒了，他慢吞吞地直直腰，慢吞吞地伸手去摸香烟盒；烟还没有摸着，这位热情的游客就已将一包香烟递到了他的面前，虽说没有把烟塞进他嘴里，但却放在了他的手里，随着第四次"咔嚓"声打火机打着了，真是客气之至，殷勤至极。这一连串过分殷勤客气的举动，真有点莫名其妙，使人颇感困窘，不知如何是好。好在这位游客精通该国语言，于是便试着通过谈话来克服这尴尬。

  "您今天一定会打到很多鱼的。"
  渔夫摇摇头。
  "听说今天天气很好呀。"
  渔夫点点头。
  "您不出海捕鱼？"
  渔夫摇摇头，这时游客心里感到有点抑郁了。

  毫无疑问，对于这位衣衫寒碜的渔夫他是颇为关注的，并为渔夫耽误了这次出海捕鱼的机会而感到十分惋惜。

  "噢，您觉得不大舒服？"

名师释疑

纳粹主义：是第二次世界大战前希特勒等人提出的政治主张。

莫名其妙：说不出其中的奥妙。指事情奇怪到说不出道理来。

名师指津

通过将渔夫的衣衫寒碜和旅游者入时的穿着做对比，显示了两人生活处境和价值取向的不同。

名师指津

旅游者目标明确，致力于世俗的成就。所以，他对渔夫安于现状的生活态度并不认同，他为渔夫浪费的时间感到非常惋惜。

名师指津

作者从两人的身份、个性和思想意识出发展开对话，配以心理、神态和动作描写，文章显得场景生动。文章写得轻松随意却蕴含着深刻的哲理，活泼的形式和深刻的主题相映成趣。

名师释疑

忧心忡忡：形容忧愁不安的样子。

名师指津

咔嚓声的第五次出现，暗示了两人的关系缓和。

这时渔夫终于不再打哑语，而开始真正说话了。"我身体特棒，"他说，"我还从来没有感到像现在这么精神过。"他站起来，伸展一下四肢，仿佛要显示一下他的体格多么像运动员。

游客的表情显得越来越迷惑不解，他再也抑制不住那个像要炸开他心脏的问题了："那么您为什么不出去打鱼呢？"

回答是不假思索的，简短的："因为今天一早已经出去打过鱼了。"

"打得多吗？"

"收获大极了，所以用不着再出去了，我的筐里有四只龙虾，还捕到二十几条青花鱼……"

渔夫这时完全醒了，变得随和了，话匣子也打开了，并且宽慰地拍拍游客的肩膀。他觉得，游客脸上忧心忡忡的神情虽然有点不合时宜，但却说明他是在为自己担忧呀。

"我甚至连明天和后天的鱼都打够了。"他用这句话来宽慰这位外国人的心。

"你抽支我的烟吗？"

"好，谢谢。"

两人嘴里都叼着烟卷，随即响起第五次"咔嚓"声。外国人摇着头，往船沿上坐下，放下手里的照相机，因为他现在要腾出两只手来强调他说的话。

"当然，我并不想干预您的私事，"他说，"但是请您想一想，要是您今天出海两次，三次，甚至四次，那您就可以捕到三十几条，四十几条，五六十条，甚至一百多条青花鱼……请您想一想。"

渔夫点点头。

"要是您不只是今天，"游客继续说，"而且明天、后天，每个好天气都出去捕两三次，或许四次——您知道，那情况将会是怎么样？"

渔夫摇摇头。

"不出一年您就可以买辆摩托，两年就可再买一条船，三四

(十) 德 国

年说不定就有了渔轮；有了两条船或者那条渔轮，您当然就可以捕到更多的鱼——有朝一日您会拥有两条渔轮，您就可以……"他兴奋得一时间连话都说不出来了，"您就可以建一座小冷库，也许可以盖一座熏鱼厂，随后再开一个生产各种渍汁鱼罐头厂，您可以坐着直升机飞来飞去找鱼群，用无线电指挥您的渔轮作业。您可以取得大马哈鱼的捕捞权，开一家活鱼饭店，无须通过中间商就直接把龙虾运往巴黎——然后……"外国人兴奋得又说不出话了。他摇摇头，内心感到无比忧虑，度假的乐趣几乎已经无影无踪。他凝视着滚滚而来的排浪，浪里鱼儿在欢快地蹦跳。"然后……"他说，但是由于激动他又语塞了。

渔夫拍拍他的背，像是拍着一个吃呛了的孩子。"然后怎么样？"他轻声地问。

"然后嘛，"外国人以默默的兴奋心情说，"然后您就可以逍遥自在地坐在这里的港口，在太阳下打盹儿——还可以眺览美丽的大海。"

"我现在就这样做了，"渔夫说，"我正悠然自得地坐在港口打盹儿，只是您的'咔嚓'声把我打搅了。"

这位旅游者受到这番开导，便从那里走开了，心里思绪万千，浮想联翩，因为从前他也曾以为，他只要好好干一阵，有朝一日就可以不用再干活了；对于这位衣衫寒碜的渔夫的同情，此刻在他心里已经烟消云散，剩下的只是一丝羡慕。

（韩耀成 译）

名师指津

作者笔锋陡转，故事的结局出人意料而又水到渠成，并给读者留下广阔的思考空间。游客对自己之前的生活态度进行了反思并且对渔夫的生活哲学表示理解和尊重。

名师赏析

德国散文的笔触幽默，文体庄重，显示其温厚与宽容，虽富有书卷气却不乏生气。德国散文透出一种西方文化的精神底蕴，通过机智幽默的言语来表现德意志民族重学重识的民族意识。

学习借鉴

好词

金碧辉煌　不假思索　忧心忡忡　浮想联翩　烟消云散

好句

＊我看见了被柔和的灯光照耀着的裸露的肩膀，看见了像珠宝一样闪烁的头发，看见了像生命一样发光的宝石。

＊她还像昨天那样，穿着一身褴褛的衣衫，一动也不动，好像是从黑暗中突然冒出的一座良心雕像。

＊这位旅游者受到这番开导，便从那里走开了，心里思绪万千，浮想联翩，因为从前他也曾以为，他只要好好干一阵，有朝一日就可以不用再干活了；对于这位衣衫寒碜的渔夫的同情，此刻在他心里已经烟消云散，剩下的只是一丝羡慕。

思考与练习

1.《童年杂忆》中，施蒂娜是怎样帮助"我"树立心里的良心雕像的？

2.读了《懒惰哲学趣话》一文，回答：在和衣衫寒碜的渔夫交谈过后，游客的心理发生了怎样的变化？

（十一）瑞 典

> **名师导读**
>
> 　　瑞典散文表现的更多的是一种闲适的幽默，作家在此类幽默中，闲庭信步，天马行空中显露其修养。如本书所收录的一篇瑞典散文中，作家把一些生活琐事写得有声有色，趣味无穷，在幽默中显露其深厚的语言的叙述能力。让我们阅读下文，一起领略瑞典文化。

父亲与我

〔瑞典〕拉格奎斯特

　　拉格奎斯特（1891—1974），瑞典小说家、诗人、戏剧家。生于瑞典南部斯莫兰省韦克舍的一个铁路员工家庭。1913年辍学赴巴黎，对当时的表现主义、立体主义发生兴趣。同年冬天，回瑞典后发表《语言的艺术和绘画的艺术》一文，抨击了当时因囿于传统而衰落的瑞典文学，赞颂了从传统中解放出来的现代绘画。此后，又相继发表了随笔、诗歌集。主要著作有诗集《天才》、论文《评瑞典的表现主义者》、小说集《侏儒》、剧本《疯人院里的仲夏夜之梦》

◆ **名师释疑** ◆

囿（yòu）于：被局限在；受（某种情况）拘束、束缚。

等。其中《苦闷》是拉格奎斯特第一部有影响的作品，它通过痛苦的反省来探索人生的意义，也反映了作者当时在精神上找不到出路的苦闷心情。作品采用的是表现主义的手法，被认为是瑞典文学寻求革新的起点。1951年其著作《大盗巴拉巴》获得诺贝尔文学奖。

　　记得是一个星期天的下午，那时我快满十岁，父亲拉着我的手，一块儿去森林，去那里听鸟的歌声。我们挥手同母亲告别，她留在家里，因为要做晚饭，不能与我们同去。太阳暖暖地照着，我们精神抖擞地上了路。其实，我们并不把去森林、听鸟鸣看作一件了不起的大事，好像有多么稀奇或怎么的。父亲和我都是在大自然的怀抱中长大的，熟悉了它的一切，去不去森林，是并不打紧的。当然，我们也不是今天非去不可，只是趁礼拜天，父亲休息在家罢了。我们走在铁路线上，这里一般是不让走的，但父亲在铁路工作，便享受了这份权利。这样，我们也就可以直接去森林，无须绕圈子、走弯路了。

　　我们刚走入森林，四周便响起了鸟雀的啁啾和其他动物的鸣叫声。燕雀、柳莺、山雀和歌鸫在灌木丛里欢唱，它们悦耳的歌声在我们的身边飘荡。地面上铺满了一层厚厚的银莲花，白桦树刚绽出淡黄的叶子，松树吐出了嫩芽，四周弥漫着树木的气息。在太阳的照射下，泥土腾起缕缕蒸气，这里处处充满了生机。野蜂正从它们的洞穴里钻出；昆虫在沼泽地里飞舞；一只鸟突然像子弹似的从灌木丛中蹿出，去捕捉那些虫类，而后，又用同样速度拍翼而下。正当万物欢跃的时候，一列火车呼啸着向我们驶来，我们跨到路基旁，父亲把两指对着礼帽，朝车上的司机行礼，司机也舞动一只手向我们回敬。这一切都在瞬间完成。我们继续踏着枕木往前走，枕木上的沥青在烈日的曝晒下正在溶化。这里交

> **名师释疑**
> 啁啾（zhōu jiū）：形容鸟叫的声音。

> **名师指津**
> 在阳光温暖的白天，森林里的景物令"我"感到熟悉而又美好。鸟儿鸣唱，植物吐芽，一切都充满了生机与活力。

(十一) 瑞 典

杂着各种气味，有汽油的，有杏花的，有沥青的，也有石楠树的。我们迈着大步，尽量踩在枕木上，因为轨道上的石子太尖，会把鞋底磨坏的。路轨两旁竖着一根根的电线杆，人从旁边擦过时，它们会发出歌一般的声音。这真是一个迷人的日子！天空晶蓝透明，不挂一丝云彩。父亲说，这种天气是不多见的。过不久，我们来到铁轨右侧的燕麦地里。我们在这里认识的那个佃户，有一块火烧地，燕麦长得又整齐又稠密，父亲带着行家的表情观察着它们，随后脸上露出满意的神态。那时我对农家之事不怎么懂，因为我长时间住在城里。我们走过一座桥，桥下的小河很少有过这么多的水，河水在欢腾着流动。我们手拉着手，以免从枕木间掉下去。过桥一会儿，便走到了护路工的小屋，小屋掩映在浓密的翠绿之中，四周是苹果树和醋栗。我们走进去，和里面的人打招呼，他们请我们喝牛奶。然后，我们去看他们养的猪、鸡和盛开着鲜花的果树。看完了，又继续赶路。我们想去那条大河，那里的风景比哪儿都好，而且很别致。河流蜿蜒北去，流经父亲童年的家乡。我们通常得走好长的路才返回，今天也一样。走了很久，几乎到了下一个车站，我们才收住脚。父亲只想看看信号牌是否放在不适当的位置，他真细心。我们在河边停了下来，河水在烈日下轻缓地拍击着两岸，发出悠扬的声音。沿岸苍苍的落叶林把影子投在波光涟涟的河面上。这里，所有的一切都明亮、新鲜。微风从前面的湖上吹来。我们走下坡，顺着河岸走了一阵，父亲指点着钓鱼的地方。小时候，他常常一整天地坐在石上，垂着鱼竿静候鲈鱼，但往往连鱼的影子都见不着。不过，这种生活是很悠闲快活的，但现在没时间钓鱼了。我们在河边闲逛着，大声笑闹着，把树皮抛入河里，水波立刻将它们带走，又向河里扔小石块，看谁扔得远。父亲和我都快活极了。最后，我们感到有

名师释疑

提心吊胆：形容十分担心或害怕。

毛骨悚然：身上毛发竖起，脊梁骨发冷，形容十分恐惧。

名师指津

行走于黑暗中，陌生而恐怖的情景令"我"感到恐惧不安，白天的欢欣愉悦荡然无存。

点累了，觉得已经尽兴，便开始往家里走。

在这时，暮色降临了，森林起了变化，几乎快变成一片黑色。我们加快了脚步，母亲现在一定焦虑地等待我们回家吃饭。她总是提心吊胆，怕有什么事会发生，这自然是不会的。在这样好的日子里，一切都应该安然无恙，一切都会叫人称心如意的。天空越来越暗，树的模样也变得奇怪，它们伫立着静听我们的脚步声，好像我们是奇异的陌生人。在一棵树上，有只萤火虫在闪动，它趴着，盯视黑暗中的我们。我紧紧抓着父亲的手，但他根本不看这奇怪的光亮，只是走着。天完全黑了，我们走上那座桥，桥下可怕的声响仿佛要把我们一口吞掉，黑色的缝隙在我们的脚下张大着嘴，我们小心地跨着每道枕木，使劲拉着手，怕从上面坠下去。我原以为父亲会背我走的，但他什么也不说。也许，他想让我和他一样，对眼前的一切置之不理。我们继续走着。黑暗中的父亲神态自若，步履匀称稳健，他沉默着，在想自己的事。我真不懂，在黑暗中，他怎会如此镇定。我害怕地环顾四周，心扑通扑通地狂跳着。四下一片黑暗，我使劲地憋着呼吸。那时，我的肚子里早已填满了黑暗。我暗想，好险呵，一定要死了。我清楚地记得那时我确实是这样想的。铁轨徒然地斜着，好像陷入了黑暗无底的深渊。电线杆魔鬼似的伸向天空，发出沉闷的声音，仿佛有人在底下嘟语，它上面的白色瓷帽惊恐地缩成一团，静听着这些可怕的声音。一切都叫人毛骨悚然，一切都像是奇迹，一切都变得如梦如幻，飘忽不定。我挨近父亲，轻声说：

"爸爸，为什么在黑暗中，一切都这样可怕呀？"

"不，孩子，没什么可怕的。"他说着，拉住我的手。

"是的，爸爸，真可怕。"

(十一) 瑞 典

"不，孩子，不要这样想，我们知道上帝就在世上。"

我突然感到我是多么孤独，仿佛是个弃儿。奇怪呀，怎么就我害怕，父亲一点也没什么，而且，我们想的不一样。真怪，他也不说帮助我，好叫我不再担惊受怕，他只字不提上帝会庇护我。在我心里，上帝也是可怕的。呵，多么可怕！在这茫茫黑暗中，到处有他的影子。他在树下，在不停絮语的电话线杆里——对，肯定是他——他无处不在，所以我们才总看不到。

我们默默地走着，各自想着心事。我的心紧缩成一团，好像黑暗闯了进去，并开始抱住了它。

我们刚走到铁轨转弯处，一阵沉闷的轰隆声猛地从我们的背后扑来，我们从沉思中惊醒，父亲蓦地将我拉到路基上，拉入深渊，他牢牢地拉着我。这时，火车轰鸣着奔来，这是一辆乌黑的火车，所有的车厢都暗着，它飞也似的从我们身旁掠过。这是什么火车？现在照理是没有火车的！我们惊惧地望着它，只见它那燃烧着的煤在车头里腾扬着火焰，火星在夜色里四处飞窜，司机脸色惨白，站着一动不动，犹如一尊雕像，被火光清晰地映照着。父亲认不出他是谁。那人两眼直愣愣地盯视前方，似乎要径直向黑暗开去，深深扎入这无边的黑暗里。

恐惧和不安使我呼吸急促，我站着，望着眼前神奇的情景。火车被黑夜的巨喉吞掉了，父亲重新把我拉上铁轨，我们加快了回家的脚步。他说：

"奇怪，这是哪辆火车，那司机我怎么不认识？"说完，一路没再开口。

我的整个身子都在战栗，这话自然是对我说的，是为了我的缘故。我猜到这话的含义，料到了这欲来的恐惧，这陌生的一切和那些父亲茫然无知、更不能保护我的东西。世界和生活将如此

名师指津

黑暗中，父亲对"我"没有太多的关注和帮助。这使"我"明白了生活中仍有"与父亲那时安乐平静的世界截然不同"的未知世界，"我"将要独自面对这样的世界。

名师指津

运用拟人手法，巨喉既表现了"我"对黑夜的恐惧，又表现出黑夜的无边。

> **名师释疑**
> 截然不同：形容两件事物毫无共同之处。截然，很分明地、断然分开的样子。

在我的面前出现！它们与父亲那安乐平静的世界<u>截然不同</u>。啊，这不是真正的世界，不是真正的生活，它们只是在无边的黑暗中冲撞、燃烧。

（李笠　译）

名师赏析

瑞典散文写的不仅是黑暗，还写了穷困百姓对于黑暗的控诉和社会底层民众在黑暗中寻找光明、艰苦地寻找真理的思想历程。作家在散文中记述了心灵艰难跋涉的历程，这对同时代的人有很大的启示作用。

学习借鉴

好词

欢跃　掩映　提心吊胆　毛骨悚然　截然不同

好句

* 燕雀、柳莺、山雀和歌鸫在灌木丛里欢唱，它们悦耳的歌声在我们的身边飘荡。

* 地面上铺满了一层厚厚的银莲花，白桦树刚绽出淡黄的叶子，松树吐出了嫩芽，四周弥漫着树木的气息。

(十一) 瑞 典

*在太阳的照射下,泥土腾起缕缕蒸气,这里处处充满了生机。

*天完全黑了,我们走上那座桥,桥下可怕的声响仿佛要把我们一口吞掉,黑色的缝隙在我们的脚下张大着嘴,我们小心地跨着每道枕木,使劲拉着手,怕从上面坠下去。

*恐惧和不安使我呼吸急促,我站着,望着眼前神奇的情景。火车被黑夜的巨喉吞掉了,父亲重新把我拉上铁轨,我们加快了回家的脚步。

思考与练习

1.你有没有小时候同父亲一起亲近大自然的经历,谈谈你的感受。

2.说一说父亲在同"我"此次外出前后的心理变化,为什么会出现这样的变化?

（十二）法　国

> **名师导读**
>
> 　　法国散文追求含蓄蕴藉的艺术效果，题材广泛，既有思想散墨、文化眉批，又有乡愁影印、感情剪接，表现出作家博大的情怀。作家以理性眼光观察和审视世界万物，而又以直抒胸臆的方式自由发挥，纵横捭阖，妙趣横生。可以说法国散文包罗万象，多姿多彩，艺术容量大，内容涵盖面广。让我们一起阅读下文，品味法国散文！

沙　漠

〔法〕纪德

　　纪德（1869—1951），法国作家，先后受象征主义和尼采超人哲学的影响，在追求"绝对忠诚"的口号下，宣扬极端的个人主义。主要作品有《窄门》《田园交响曲》《地粮》《梵蒂冈的地窖》《背德者》《伪币制造者》等。1947年获得诺贝尔文学奖。

(十二)法 国

多少次黎明即起,面向霞光万道,比光轮还明灿的东方——多少次走到绿洲的边缘,那里的最后几棵棕榈枯萎了,生命再也战胜不了沙漠——多少次啊,我把自己的欲望伸向你,沐浴在阳光中的酷热的大漠,正如俯向这无比强烈的耀眼的光源……何等激动的瞻仰、何等强烈的爱恋,才能战胜这沙漠的灼热呢?

不毛之地;冷酷无情之地;热烈赤诚之地;先知神往之地——啊!苦难的沙漠、辉煌的沙漠,我曾狂热地爱过你。

在那时时出现<u>海市蜃楼</u>的北非盐湖上,我看见犹如水面一样的白茫茫盐层。——我知道,湖面上映照着碧空——盐湖湛蓝得好似大海,——但是为什么——会有一簇簇灯芯草,稍远处还会矗立着正在崩坍的页岩峭壁——为什么会有漂浮的船只和远处宫殿的幻象?——所有这些变了形的景物,悬浮在这片臆想的深水之上。(盐湖岸边的气味令人作呕;岸边是可怕的泥灰岩,吸饱了盐分,暑气熏蒸。)

我曾见在朝阳的斜照中,阿马尔卡杜山变成玫瑰色,好像是一种燃烧的物质。

我曾见天边狂风怒吼,飞沙走石,令绿洲气喘吁吁,像一只遭受暴风雨袭击而惊慌失措的航船;绿洲被狂风掀翻。而在小村庄的街道上,<u>瘦骨嶙峋</u>的男人赤身露体,蜷缩着身子,忍受着炙热焦渴的折磨。

我曾见荒凉的旅途上,骆驼的白骨蔽野;那些骆驼因过度疲顿,再难赶路,被商人遗弃了;随即尸体腐烂,缀满苍蝇,散发出恶臭。

我也曾见过这种黄昏:除了鸣虫的尖叫,再也听不到任何歌声。

——我还想谈谈沙漠:

> **❖ 名师释疑 ❖**
>
> **海市蜃楼**:简称蜃景,是一种因为光的折射和全反射而形成的自然现象,是地球上物体反射的光经大气折射而形成的虚像。
>
> **瘦骨嶙峋**:这里指过于瘦弱露出骨头。形容人或动物消瘦露骨。

143

生长细茎针茅的荒漠，游蛇遍地；绿色的原野随风起伏。

乱石的荒漠，不毛之地。页岩熠熠闪光；小虫飞来舞去；灯芯草干枯了。在烈日的曝晒下，一切景物都发出噼噼啪啪的声音。

黏土的荒漠，这里只要有涓滴之水，万物就会充满生机。只要一场雨后，万物就会葱绿。虽然土地过于干旱，难得露出一丝笑容，但这里的青草似乎比别处更嫩更香。由于害怕未待结实就被烈日晒枯，青草都急急忙忙地开花，授粉播香，它们的爱情是急促短暂的。太阳又出来了，大地龟裂、风化，水从各个裂缝里逃遁。大地坼裂得面目全非；大雨滂沱，激流涌进沟里，冲刷着大地；但大地无力挽留住水，依然干涸而绝望。

黄沙漫漫的荒漠。——宛似海浪的流沙；不断移动的沙丘，在远处像金字塔一样指引着商队。登上一座沙丘，便可望见天边另一座沙丘的顶端。

刮起狂风时，商队停下，赶骆驼的人便在骆驼的身边躲避。

黄沙漫漫的荒漠——生命灭绝，唯有风与热的搏动。阴天下雨，沙漠犹如天鹅绒一般柔软，夕照中，则像燃烧的火焰；而到清晨，又似化为灰烬。沙丘间是白色的谷壑，我们骑马穿过，每个足迹都立即被尘沙所覆盖。由于疲顿不堪，每到一座沙丘，我们总感到难以跨越了。

黄沙漫漫的荒漠啊，我早就应当狂热地爱你！但愿你最小的尘粒在它微小的空间，也能映现宇宙的整体！微尘啊，你忆起何种生活，从何种爱情中分离出来？微尘也想得到人的赞颂。

我的灵魂，你曾在黄沙上看到什么？

白骨——空的贝壳……

名师指津

荒漠横亘在前，使生命受到了严重的威胁。通过对比描写了荒漠在不同天气状况下不同的景象；通过比喻精妙地写出沙漠带给作者的具体感受。

(十二) 法　国

一天早上，我们来到一座高高的沙丘脚下避阴。我们坐下，那里还算阴凉，悄然长着灯芯草。

至于黑夜，茫茫黑夜，我能谈些什么呢？

海浪输却沙丘三分蓝，

胜似天空一片光。

——我熟悉这样的夜晚，似乎觉得一颗颗明星格外璀璨。

（冯寿农、张弛　译）

名师指津

沙丘与海浪是沙与水的对立，作者把它们联系在一起，只因它们都是自然不可多得的美景。

音　乐

〔法〕罗曼·罗兰

罗曼·罗兰(1866—1944)，法国著名文学家、传记作家、音乐评论家、社会活动家。出生于法国中部，1889年毕业于巴黎高等师范学院史学系。研究生毕业后在巴黎大学教艺术史，从此开始了写作，1898年开始发表作品。他的小说特点被人们归纳为"用音乐写小说"。罗曼·罗兰一生为争取人类自由、民主与光明进行不屈的斗争，他积极投身进步的政治活动，声援西班牙人民的反法西斯斗争，并出席巴黎保卫和平大会，对人类进步事业做出了积极的贡献。

生命飞逝。肉体与灵魂像流水似的过去，岁月镌刻在老去的树身上，整个有形的世界都在消耗、更新。不朽的音乐，唯有你常在。你是内在的海洋，你是深邃的灵魂。在你明澈的眼瞳中，人生绝不会照出阴沉的面目。成堆的云雾，灼热的、冰冷的、狂

名师释疑

深邃(suì)：深奥。

乱的日子，纷纷扰扰、无法安宁的日子，见了你都逃避了，唯有你常在。你是在世界之外的，你自个儿就是一个完整的天地。你有你的太阳，领导你的行星，你的吸力，你的数，你的律。你跟群星一样平和恬静，它们在黑夜的天空划出光明的轨迹，仿佛由一头无形的金牛拖拽着银铧。

音乐，你是一个心地清明的朋友，你的月白色的光，对于被尘世的强烈的阳光照得眩晕的眼睛是多么柔和。大家在公共的水槽里喝水，把水都搅浑了，那不愿与世争饮的灵魂却急急扑向你的乳房，寻他的梦境。音乐，你是一个童贞的母亲，你纯洁的身体中积蓄着所有的热情，你的眼睛像冰山上流下来的青白色的水，含有一切的善，一切的恶。不，你是超乎恶，超乎善的。凡是栖息在你身上的人都脱离了时间的洪流，所有的岁月对他不过是一日，吞噬一切的死亡也没有用武之地了。

音乐，你抚慰了我痛苦的灵魂。音乐，你恢复了我的安静、坚定、欢乐，恢复了我的爱，恢复了我的财富。音乐，我吻着你纯洁的嘴，我把我的脸埋在你蜜也似的头发里，我把我滚热的眼皮放在你柔和的手掌中。咱们都不作声，闭着眼睛，可是我从你眼里看到了不可思议的光明，从你缄默的嘴里看到了笑容，我蹲在你的心头听着永恒的生命跳动。

（傅雷　译）

▶ 名师释疑 ◀

缄（jiān）默：闭口不说话。

(十二) 法 国

塞纳河畔的早晨

〔法〕阿纳托尔·法朗士

阿纳托尔·法朗士（1844—1924），法国作家、文学评论家、社会活动家。1921年获得诺贝尔文学奖。主要作品有小说《苔依丝》《企鹅岛》《诸神渴了》等。

在给景物披上无限温情的淡灰色的清晨，我喜欢从窗口眺望塞纳河和它的两岸。

我见过那不勒斯海湾的明净的蓝天，但我们巴黎的天空更加活跃、更加亲切、更加蕴蓄。它像人们的眼睛，懂得微笑、愤慨、悲伤和欢乐。此刻的阳光照耀着城内为生计忙碌的居民和牲畜。

对岸，圣尼古拉港的装卸工人忙着从船上卸下牛角，而站在跳板上的搬运工轻快地传递着糖块，把货物装进船舱里。北岸，梧桐树下排列着出租马车和马匹，那马匹把头埋在饲料袋里，平静地咀嚼着燕麦。而车夫们站在酒店的柜台前喝酒，一面用眼角<u>窥伺</u>着可能出现的早起的顾客。

旧书商把他们的书箱安放在岸边的护墙上。这些善良的精神商人长年累月生活在露天里，任风儿吹拂他们的长衫。经过风雨、霜雪、烟雾和烈日的磨炼，他们变得好像大教堂的古老雕像。他们都是我的朋友。每当我从他们的书箱前走过，都能发现一两本我需要的书，一两本我在别处找不到的书。

▶ 名师释疑 ◀
窥伺（kuī sì）：暗中观望动静，等待机会（多含贬义）。

一阵风刮起了街心的尘土、有叶翼的梧桐籽和从马嘴里漏下的干草末。别人对这飞扬的尘土可能毫无感触,可是它使我忆起了我在童年时代凝视过的同样的情景,使我这个老巴黎人的灵魂为之激动。我面前是何等宏伟的图景:状如顶针的凯旋门、光荣的塞纳河和河上的桥梁、蒂伊勒里宫的椴树、好像雕镂的珍品的文艺复兴时代的卢浮宫、最远处的夏约岗,右边新桥方向是令人肃然起敬的古老的巴黎,它的塔楼和高耸的尖屋顶。这一切就是我的生命,就是我自己。要是没有这些以我的思想的无数细微变化反映在我身上,激励我、赐我活力的东西,我也就不存在了。因此,我以无限的深情热爱巴黎。

然而,我厌倦了。我觉得生活在一座思想如此活跃并且教会我思想和敦促我不断思想的城市里,人们是无法休息的。在这些不断撩拨我的好奇心,使它疲惫但又永远不能使它满足的书堆里,怎么能够不兴奋、激动呢?

(程依荣 译)

> **名师释疑**
>
> 撩(liáo)拨:挑逗;招惹。

塔希提岛的风景:法托纳的瀑布

〔法〕皮奈尔·洛蒂

皮奈尔·洛蒂(1850—1923),法国作家。代表作有小说《一个骑兵的故事》《洛蒂的婚姻》等。

我们继续我们的旅行,通过林木葱茏和多荫的小道深入山谷。这是一条夹在悬崖峭壁之间的、在原始森林中的真正的小路。

(十二) 法　国

走了一个小时，我们听到附近瀑布发出的沉闷而强大的声响。我们走到阴暗的峡谷的底部。法托纳的溪流在那里像一大捆银白色的麦子，从三百米高的地方陡然下落，坠入山下的空隙中。

深渊的底部的确是个美妙的去处。

奇树异草在阴影中交错混杂，湿淋淋的，浸泡在一场永不停止的滂沱大雨中。它们沿着黑色的悬崖峭壁，牢牢地攀附着藤类、乔木状蕨类、苔藓和美丽的细柄藤。瀑布直泻而下，坠落成碎片和粉末，那声势就像一场倾盆大雨，就像一大群头发乱蓬蓬的狂怒的人。

接着，它又在岩石裸露的水池里汇集起来，翻腾不已。它花了好多个世纪挖掘、磨光这些水池，然后形成河流，在草木苍翠的森林里，继续走它的路。

粉尘一样的水滴，像面纱那样散落在这整个自然界的上空，在上面，露出了天空和一半消失在阴暗的云雾里的大小山头。天空好像是从井底看到的一样。

特别令人感到惊奇的，是在这僻静之处的那种永恒的喧嚣和骚动。这里有巨大的声响，但是却没有任何有生命的物体。这里只有无数世纪之前就存在着的那种没有活力的物质，它们一直遵循着世界混沌初开时的自然规律。

我们取道左边山羊走的小路。这条羊肠小道蜿蜒曲折地上升。我们在密密层层的形成拱顶的叶丛下行走。一棵棵百年老树在我们周围竖直它们湿漉漉的、苍翠的、像粗大的大理石石柱那样光滑的树干。藤萝到处盘卷。乔木蕨类植物撑开宽阔的阳伞。这些植物长着锯齿，酷似精致的花边。我们继续向上走，发现蔷薇灌木丛和一堆堆杂乱的开花的蔷薇。各种各样的，彼此之间小

❦ **名师释疑** ❦

喧嚣（xuān xiāo）：声音杂乱；不清静。

蜿蜒（wān yán）：（山脉、河流、道路等）弯弯曲曲地延伸的样子。

蔷薇（qiáng wēi）：落叶或常绿灌木，种类很多，茎直立、攀缘或蔓生，枝上密生小刺，羽状复叶，小叶倒卵形或长圆形，花有多种颜色，有芳香。有的花、果、根可入药。

有差别的孟加拉蔷薇繁花满枝，千姿百态，盛开在山间。在地面的苔藓上，铺着一张张用欧洲草莓织成的芬芳的地毯。这真像一个令人心醉神迷的花园……

沿路最使我入迷的，始终是那些蕨类植物。它们展开宽大的、有大量齿形边缘的、鲜艳无比的树叶。

我们整天继续攀登，走向小路不再延伸出去的荒凉地区。在我们前面，不时展现出深谷和参差不齐的黑色裂口。空气越来越清新。我们看到大朵大朵轮廓鲜明突出的云。它们有的似乎在我们头上，有的似乎在我们脚下，倚着小山沉睡。

（冯汉津等　译）

名师赏析

法国散文家始终徘徊于文化良知与现实政治之间，保持知识文人的独立意识，远离中心立场走向边缘反观文化，静观当时社会的众生相。从某种意义上说，通过文化的静观化解了他心中的苦闷，特别是幽默手法营造出来的诙谐气息，足以让人乐而忘忧。

学习借鉴

好词

瘦骨嶙峋　大雨滂沱　肃然起敬　喧嚣　蜿蜒

(十二)法 国

好句

* 音乐,你是一个心地清明的朋友,你的月白色的光,对于被尘世的强烈的阳光照得眩晕的眼睛是多么柔和。

* 音乐,你恢复了我的安静、坚定、欢乐,恢复了我的爱,恢复了我的财富。

* 瀑布直泻而下,坠落成碎片和粉末,那声势就像一场倾盆大雨,就像一大群头发乱蓬蓬的狂怒的人。

思考与练习

纪德笔下的沙漠具有怎样的特点?

（十三）英　国

名师导读

英国小镇的风景令人神往，英国绅士的风情令人沉醉，英国散文植根于英国这片大地，写出了作家在英国的所见所闻，让人一度为英国之美陶醉。高尔斯华绥的《远处的青山》描绘了英国的自然风景；《热血、辛劳、眼泪和汗水》让我们感受到英国人为革命浴血奋斗的激情。让我们带着激动的心情，一起领略英国的美。

远处的青山

〔英〕高尔斯华绥

高尔斯华绥（1867—1933），英国小说家、剧作家，批判现实主义作家。生于伦敦，曾在牛津大学读法律，后放弃律师工作从事文学创作。30岁时发表处女作《天涯海角》。1906年，高尔斯华绥完成长篇小说《有产业的人》，获得广泛好评，他也因此而被公认为英国第一流作家。高尔斯华绥是个多产作家，在二十多年的创作生涯中，几乎每年写一部小说和一部剧本。其代表作有长篇小说《福

(十三) 英 国

尔赛世家》三部曲(由《有产业的人》《骑虎》和《出租》组成)、《现代喜剧》三部曲(由《白猿》《银匙》和《天鹅之歌》组成)、《尾声》三部曲(由《女侍》《开花的荒野》和《河那边》组成),以及剧本《银匣》(1936)、《斗争》(1909)、《群众》(1914)和《逃跑》(1926)等。高尔斯华绥"因其描述的卓越艺术——这种艺术在《福尔赛世家》中达到高峰"而获得1932年诺贝尔文学奖。

  不仅仅是在这刚刚过去的三月里(但已恍同隔世),在一个充满痛苦的日子——德国发动它最后一次总攻后的那个星期天,我还登上过这座青山呢。正是那个阳光和煦的美好天气,南坡上的野茴香浓郁扑鼻,远处的海面一片金黄。我俯身草上,暖着面颊,一边因为那新的恐怖而寻找安慰。这进攻发生于连续四年的战祸之后,益发显得酷烈出奇。

  "但愿这一切快些结束吧!"我自言自语道,"那时我就又能到这里来,到一切我熟悉的可爱的地方来,而不致这么伤神揪心,不致随着我的表针的每下嘀嗒,就又有一批生灵惨遭涂炭。啊!但愿我又能——难道这事便永无完结了吗?"

  现在总算有了完结,于是我又一次登上了这座青山,头顶上沐浴着十二月的阳光,远处的海面一片金黄。这时心头不再感到痉挛,身上也不再有毒气侵袭。和平了!仍然有些难以相信。不过再不用过度紧张地去谛听那永无休止的隆隆炮声,或去观看那倒毙的人们,张裂的伤口与死亡。和平了,真的和平了!战争持续了这么长久,我们不少人似乎已经忘记了1914年8月的战争全面爆发之初的那种盛怒与惊愕之感。但是我却没有,而且永远不会。

  在我们一些人中——我以为实际在相当多的人中,只不过他

◀ 名师释疑 ◀
痉挛:由于反射作用而引起的无意识的抽搐性肌肉运动。

153

名师指津

再次登上这一座青山时作者回想起了曾经的战乱，他的内心不仅产生无限的感慨，而且对未来进行了理性的思考。全文自始至终都围绕着憎恨战争、热爱和平的感情线索展开叙述，主题明确而集中。

们表达不出罢了——这场战争主要会给他们留下这种感觉："但愿我能找到这样一个国家，那里人们所关心的不再是我们一向所关心的那些，而是美，是自然，是彼此仁爱相待。但愿我能找到那座远处的青山！"关于忒俄克里托斯的诗篇，关于圣弗兰西斯的高风，在当今的各个国家里，正如东风里草上的露珠那样，早已渺不可见。即或过去我们的想法不同，现在我们的幻想也已破灭。不过和平终归已经到来，那些新近被屠杀掉的人们的幽魂总不致再随着我们的呼吸而充塞在我们的胸臆。

和平之感在我们思想上正一天天变得愈益真实和愈益与幸福相连。此刻我已能在这座青山之上为自己还能活在这样一个美好的世界而赞美造物。我能在这温暖阳光的覆盖之下安然睡去，而不会醒后又是过去的那种怏怏欲绝。我甚至能心情欢快地去做梦，不致醒后好梦打破，而且即使做了噩梦，睁开眼睛后也就一切消释。我可以抬头仰望那碧蓝的晴空而不会突然瞥见那里拖曳着一长串狰狞恐怖的幻象，或者人对人所干出的种种伤天害理的惨景。我终于能够一动不动地凝视着晴空，那么澄澈而蔚蓝，而不会时刻受着悲愁的拘牵，或者俯视那光滟的远海，而不致担心波面上再会浮起屠杀的血污。

天空中各种禽鸟的飞翔，海鸥、白嘴鸭以及那往来徘徊于河边的棕色小东西对我都是欣慰，它们是那样自由自在，不受拘束。一只画眉正鸣啭在黑莓丛中，那里叶间还晨露未干。轻如蝉翼的新月依然隐浮在天际，远方不时传来熟悉的声籁，而阳光正暖着我的脸颊。这一切都是多么愉快。这里见不到凶猛可怕的苍鹰飞扑而下，把那快乐的小鸟掳去。这里不再有歉疚不安的良心把我从这逸乐之中唤走。到处都是无限欢欣，完美无瑕。这时张目四望，不管你看看眼前的蜗牛甲壳——雕镂刻画得那般精致，恍如

(十三)英　国

童话里小精灵头上的细角，而且角端做蔷薇色，还是俯瞰从此处至海上的一带平芜，它浮游于午后阳光的微笑之下，几乎活了起来。这里没有树篱，一片空旷，但有许多<u>炯炯有神</u>的树木，还有那银白的海鸥，翱翔在色如蘑菇的耕地或青葱翠绿的田野之间；不管你凝视的是这株小小的粉红雏菊，而且慨叹它的生不适时，还是注目那棕红灰褐的满谷林木，上面乳白色的流云低低悬垂，暗影浮动——一切都是那么美好，这是只有大自然在一个风和日丽的天气，而且那观赏大自然的人的心情也分外悠闲的时候，才能见得到的。

在这座青山之上，我对战争与和平的区别也认识得比往常更加透彻。在我们的一般生活当中，一切几乎没有发生多大改变——我们并没有领得更多的奶油或更多的汽油，战争的外衣与装备还笼罩着我们，报刊上还充溢着敌意和仇恨；但是在精神情绪上，我们确已感到了巨大的差别，那久病之后逐渐死去还是逐渐恢复的巨大差别。

据说，此次战争爆发之初，曾有一位艺术家闭门不出，把自己关在家中和花园里，不订报纸，不会宾客，耳不闻杀伐之声，目不睹战争之形，每日唯以作画赏花自娱——只不知他这样持续了多久。难道他这样的做法便是聪明，还是他所感受到的痛苦比那些不知躲避的人更加厉害？难道一个人连自己头顶上的苍穹也能躲得开吗？连自己同类的普遍灾难也能无动于衷吗？

整个世界的逐渐恢复——生命这株伟大花朵的慢慢重放——在人的感觉与印象上的确是再美不过的事了。我把手掌狠狠地压在草叶上面，然后把手拿开，再看那草叶慢慢直了起来，脱去它的损伤。我们自己的情形也正是如此，而且永远如此。战争的创伤已深深侵入我们的身心，正如严寒侵入土地那样。在为了杀人

◆名师释疑◆
炯炯有神：形容人、动物的眼睛明亮，很有精神。炯炯，明亮的样子。

名师指津
战争带给人类的灾难是巨大而惨重的，战争对人类心灵的摧残也是无法估量的。虽然战争后的生活未必有多大的改善，但是人们的精神上却能立刻摆脱恐惧，获得宁静。

名师指津
将生命比作"伟大花朵"，生动形象地写出生命的美丽与神圣。战争的结束意味着人们的生命安全有了保障，人们可以重新憧憬美好的生活并为之努力奋斗。

155

流血这桩事情而战斗、护理、宣传、文字、工事、缝纫以及计数不清的各个方面而竭尽努力的人们当中,很少有人是出于对战争的真正热忱才去做的。但是,说来奇怪,这四年来写得最优美的一篇诗歌,亦即朱利安·克伦菲尔的《投入战斗!》,竟是纵情讴歌战争之作!但是如果我们能把那第一声战斗号角之后一切男女对战争所发出的深切诅咒全部聚集起来,那些哀歌之多恐怕连笼罩地面的高空也盛装不下。

然而那美与仁爱所在的"青山"离我们还很遥远。什么时候它会更近一些?人们甚至在我所<u>偃卧</u>的这座青山也打过仗。根据在这里白堊与草地上工事的痕迹推断,这里还留宿过士兵。白昼与夜晚的美好,云雀的欢歌,香花与芳草,健美的欢畅,空气的新鲜,星辰的庄严,阳光的和煦,还有那轻歌与曼舞,淳朴的友情,这一切都是人们渴求不厌的。但是我们却偏偏要去追逐那浊流一般的命运。所以战争能永远终止吗……

这是四年零四个月以来我再没有领略过的快乐,现在我躺在草地上,听任思想自由飞翔,那安详如海面上轻轻袭来的和风,那幸福如这座青山上的晴光。

(高健 译)

> 名师释疑
> 偃卧(yǎn wò):
> 仰卧,睡卧。

热血、辛劳、眼泪和汗水

〔英〕丘吉尔

温斯顿·丘吉尔(1874—1965),英国政治家、历史学家、画家、散文家。曾于1940—1945和1951—1955年期间两度出任英国首相,被认为是20世纪最重要的政治领袖之一,带领英国人民获得第二次

（十三）英　国

世界大战的胜利。他著有作品《不需要的战争》《第二次世界大战回忆录》《英国民族史》。曾被美国杂志《展示》列为近百年来世界最有说服力的八大演说家之一。

　　星期五晚我奉国王陛下之命组织新内阁。

　　国会与国民显然希望这内阁在最广泛的基础上组成，包括所有党派在内。

　　迄今我已完成此项任务中的最重要部分。一个五人战时内阁已经组成，其中包括工党、反对党和自由党，代表了国家的统一。

　　…………

　　现在我提请议院做出决议，认可已采取的各项步骤，记录在案，并宣布对新政府的信任。决议全文如下：

　　"本议院欢迎新政府成立。新政府代表了全国团结一致、坚定不移的信心：对德作战，直至最后胜利。"

　　组织如此复杂并具有如此规模的内阁，本身就是一项严肃的任务。但我们目前正处于有史以来规模最大战役的最初阶段，我们正在其他许多地方，例如挪威与荷兰，采取行动，我们在地中海也要有所准备。空战正在继续进行，我们在国内需要许多准备工作。

　　在此非常时期，我相信议院将原谅我今天发言简短，我还希望我的朋友、同事或受到这次政治改组影响的前任同事们，能体谅省去一般情况下不需要的礼节。

　　我已告诉过组成新政府的各位大臣，在此再告诉诸位议员：我所能奉献的，只有热血、辛劳、汗水与眼泪。我们还要经受极其严峻的考验，我们面临着漫长而艰苦卓绝的斗争。

　　要问我们的政策是什么？我的回答是：在海、陆、空作战，

名师指津

丘吉尔为了赢得战争的胜利做出了巨大的努力。作为英国的首相，他不仅奉命组织了新内阁，而且为战事做了充足的准备，这体现了领导者果断的决策力。

名师释疑

艰苦卓绝：坚忍刻苦的精神超过寻常。卓绝，极不平凡。

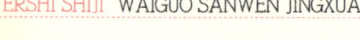

尽我们所能，以上帝赐予我们的一切力量作战。我们的敌人是人类犯罪史上空前暴虐凶残的暴君，我们要和敌人决一死战，这就是我们的政策。

要问我们的目的是什么？我可以用两个字问答，那就是：胜利。不惜一切代价夺取胜利，不顾一切流血恐怖夺取胜利。不论道路多么漫长，多么崎岖，一定要夺取胜利！因为没有胜利就不能生存。

希望大家认识到这一点：没有胜利，英帝国将不能生存，英帝国所代表的一切将不再，推动人类历史不断前进的动力将不再存在。

我满怀希望地接受我的任务，我确信人们不会听任我们的事业遭到失败

此时此际，我认为我有权要求所有人的支持，我要说："让我们团结一致，共赴国难吧。"

（石幼姗　译）

名师指津

自问自答的设问句引起了听者的注意，最终达到自己的目的。这不仅表明了丘吉尔必胜的信心，也令听者打起精神，充满斗志地去战斗。

射　象

〔英〕乔治·奥威尔

乔治·奥威尔（1903—1950），英国小说家、散文家、评论家和记者。少年时代受教育于著名的伊顿公学。1928年开始写作生涯。1933年发表处女作《巴黎伦敦落魄记》。乔治·奥威尔一生短暂，但以其敏锐的洞察力和犀利的文笔审视和记录着他所生活的年代，做出了许多超越时代的预言，被称为"一代人的冷峻良知"。主要

(十三)英 国

作品有《动物庄园》《一九八四》《猎象》《让叶兰在风中飞舞》。

在下缅甸的毛淡棉,我遭到很多人的憎恨——在我一生之中,我居然这么引起重视,也就仅此一遭而已。我当时担任该市的分区警官,那里的反欧洲人情绪非常强烈,尽管漫无目的,只是在小事情上发泄发泄。没有人有足够胆量制造一场暴乱,但是只要有一个欧籍妇女单身经过市场,就有人会对她的衣服吐槟榔汁。而我作为一个警官,更是成了明显的目标,只要安然无事,他们总要捉弄我。在足球场上,会有个手脚灵巧的缅甸球员把我绊倒,而裁判(又是个缅甸人)会装着没瞧见,于是观众就幸灾乐祸地大笑。这样的事发生了不止一桩。到了最后,我走到哪里,哪里就有年轻人的揶揄嘲笑的黄脸在迎接我,待我走远了,他们就在后面起哄叫骂,这真叫我的神经受不了。闹得最凶的是年轻的和尚,该市有好几千个,个个似乎都没有别的事可做,只是站在街头,嘲弄路过的欧洲人。

这件事使我十分苦恼,也使我不解。因为那时我已认清帝国主义是桩邪恶的事,并且下定决心要尽早辞职滚蛋。从理论上来说——那当然是在心底里——我完全站在缅甸人一边,反对他们的压迫者英国人。至于我所干的工作,我是极不愿意干的。这种不愿意的心情非我言语所能表达。在这样的一个工作岗位上,你可以直接看到帝国主义的卑鄙肮脏。可怜巴巴的犯人给关在臭气熏天的笼子里,长期监禁的犯人面有菜色的脸,被竹杖鞭打后疤痕斑斑的屁股……这一切都使我有犯罪的感觉,压迫得我无法忍受。但是我无法认清楚这一切。我当时很年轻,没有受过什么教育,我不得不独自默默地思索着这些问题,在东方的英国人都承受着这种沉默。我当时甚至不知道大英帝国已濒于死亡,更不知

名师指津
交代了故事发生的时代背景,英国压迫缅甸,缅甸人捉弄英国人,为后来的射象事件的发生做好了铺垫。

名师释疑
揶揄(yé yú):嘲笑;讥讽。

名师指津
帝国主义是具有对外侵略扩张的特点的,其行为是卑劣的。作为具有正义感的作者,对帝国主义的肮脏行为是充满反感与不屑的。作者同情被压迫的缅甸人,因此,他决心辞掉自己的工作。

道它比将要代替它的一些新帝国要好得多。我只知道我被夹在中间，我一边憎恨所为之服务的帝国，但我又生那些存心不良的小鬼头的气，他们总是想方设法使我无法工作。我一方面认为英国统治是无法打破的暴政，一种长期压在被制服的人民身上的东西；另一方面我又认为世界上最大的乐事莫过于把刺刀捅入一个和尚的肚子。这样的感情是帝国主义正常的副产品；随便哪个英属印度的官员都会这么回答你，要是你能在他下班的时候问他。

有一天发生了一件事，很能间接地说明问题。这本是一件小事，但它使我比以前更清楚地看到了帝国主义的真正本质——暴虐的政府行为处事的真正动机。有一天清早，镇上另一头的一个派出所的副督察打电话给我，说是有一头象在市场上横冲直撞，问我能不能去处理一下。我不知道该怎么办，但是我想看一看究竟，就骑马出发了。我带上了步枪，那是一支老式样的0.44口径温彻斯特步枪，要打死一头象，这枪太小了，不过我想枪声可会起恐吓作用。一路上有各种各样的缅甸人拦住我，告诉我那头象干了些什么。这当然不是一头野象，而是一头发春情的驯象。它本来是用铁链锁起来的，发春情的驯象都是如此，但在头一天晚上它挣脱锁链逃跑了，唯一能在发情期制服它的驯象人出来追赶，但奔错了方向，已到了要走十二小时的路程之外，而这头象在清早又突然出现在镇上。缅甸人平时没有武器，对它毫无办法。它已经踩平了一所竹屋，踩死了一头母牛，撞翻了几个水果摊，饱餐了一顿；它还碰上了市里的垃圾车，司机跳车逃跑，车子被它掀翻，乱踩一气。

缅甸副督察和几名印度警察在发现那头象的地方等我。这是个贫民区，在一个陡峭的山边，破烂的竹屋子挤在一起，屋顶铺的是棕榈叶。我记得那是个就要下雨的早晨，天空乌云密布，空

名师释疑

恐吓（hè）：以要挟的话或手段威胁人；吓唬。

名师指津

自然环境描写交代了当时周边破败的景象，交代了帝国主义统治下的百姓生活的困苦，渲染了悲凉的气氛，同时也推动故事情节的发展。

(十三) 英 国

气沉闷。我们开始询问大家，那头象到哪里去了，像平常一样，得不到确切的情报。在东方，情况总是这样；在远处的时候，事情听起来总是很清楚，可是你越走近出事的地点，事情就越模糊。有的人说，那头象朝那边去了，有的人又说是另一个方向，有的甚至说根本不知道有什么象逃跑的事。我几乎觉得整个事情可能都是谎话，这时忽然听到不远的地方有人在嚷嚷。我听到一声惊恐的喊叫"走开！孩子！马上给我走开！"这时我见到一个老妇人手中拿着一根树枝从一所竹屋的后面出来，使劲地赶着一群赤身裸体的孩童。后面跟着另外一些妇女，嘴上啧啧出声，表示惊恐；显然那里有什么东西不能让孩子们见到。我绕到竹屋的后边，看到一个男人的尸体躺在泥中。他是个印度人，一个黑皮肤的德拉维人苦力，身上几乎一丝不挂，死去没有几分钟。他们说那头象在屋子边上突然向他袭来，用鼻子把他捉住，一脚踩在他背上，把他压扁在地上。当时正好是雨季，地上泥地很软，他的脸在地上划出了一条槽，有一尺深，几尺长。他俯扑在地上，双手张开，脑袋扭向一边。他的脸上尽是泥，睁大双眼，龇牙咧嘴，一脸剧痛难熬的样子。（可别对我说，凡是死者的脸上表情都是安详的。我所见到的尸体中，大多数是惨不忍睹的。）大象的巨足在他背上撕开皮，像人剥兔皮一样干净利落。我一见到尸体，就马上派人到附近一个朋友的家里去借一支打象的步枪来。我已经把我的马送走，免得它嗅到象的气味，受惊之下把我从它背上颠下来。

派去的人几分钟以后便带着一支步枪和五颗子弹回来，这中间又有几个缅甸人来到，告诉我们，那头象就在下面的稻田里，只有几百码远。我一起步走，几乎全区人人都出动了，他们从屋里出来跟着我。他们看到了步枪，都兴奋地叫喊说我要去打死那头象了。在那头象撞倒踩塌他们的竹屋时，他们对它并不表现出

名师指津
作者对死者的面部做了特写，通过细节描写刻画出死者惊恐、痛苦难忍的惨状。

名师释疑
惨不忍睹：凄惨得叫人不忍心看。

有多大的兴趣，可是如今它要给开枪打死了，情况忽然之间就不同了。他们觉得有点好玩，英国群众也会如此。此外，他们还想弄到象肉。这使我隐隐约约地感到有些不安。我并没有打算打死那头象——我派人去把那支枪取来只不过是在必要时进行自卫而已——而且有一大群人跟在你后面总是令你有些神经紧张。我大步下山，肩上扛着那支枪，后面紧紧跟随着一群越来越多的人，看上去我一定像个傻瓜，心中也感到自己成了一个傻瓜。到了山脚下，离开那些竹屋子，有一条铺了碎石子的路，再过去，就是一片到处都是泥浆的稻田，有一千码宽，还没有犁过田，因为下过雨，田里水汪汪的，零零星星地长着一些杂草。那头象站在路边八码远的地方，左侧朝着我们。它一点也没有注意到人群的靠近。它把成捆的野草拔下来，在双膝一拍打，打干净了以后就送进嘴里。

　　我在碎石路上就停了步。我一见到那头象就完全有把握知道不应该打死它，把一头能做工的象打死是桩严重的事，这等于是捣毁一台昂贵的巨型机器，事情很明显，只要能够避免就要尽量避免。在那么一段距离之外，那头象安详地在嚼草，看上去像一头母牛一样没有危险。我当时想——我现在也这么想——它的发情大概已经过去了，因此它顶多就是漫无目的地在这一带闲逛，等驯象人回来逮住它。何况，我当初根本不想开枪打它。因此我决定从旁观察，看它不再撒野了，我就回去。

　　但是这时我回过头看了一眼跟我来的人群。人越聚越多，至少已经有两千人了，把马路两头都远远地堵死了。我看着花花绿绿衣服上的一张张黄色的脸，这些脸上都为了这一点看热闹的乐趣而显出高兴和兴奋的神情，大家都认定那头象是必死无疑了。他们看着我，就像看着魔术师变戏法一样。他们并不喜欢我，但

(十三) 英 国

是由于我手中有那支神奇的枪，我就值得一观了。我突然明白了，我非得射杀那头大象不可。大家都这么期待着我，我非这么做不可；我可能感觉得到他们两千个人的意志在不可抗拒地把我推向前。就在这个当儿，就在我手中握着那支步枪站在那儿的时候，我第一次看到了白人在东方的统治的空虚和无用。我这个手中握枪的白人，站在没有任何武装的本地群众前面，表面看来似乎是一出戏的主角；但在实际上，我不过是身后这些黄脸的意志所推来推去的一个可笑的傀儡。我这时看到，一旦白人开始变成一个暴君，他就毁了自己的自由。他成了一个空虚的、装模作样的木头人，常见的白人老爷的角色。因为正是他的统治使得他一辈子要尽力镇住"土著"，因此在每一次紧急时刻，他非得做"土著"期望他做的事不可。他戴着面具，日子长了以后，他的脸按照面具长了起来，与面具吻合无间了，我非得射杀那头象不可，我在派人去取枪时就不可挽回地表示要这样做了。白人老爷的行为必须像个白人老爷；他必须表现出态度坚决，做事果断。手里握着枪，背后又有两千人跟着，到了这里又临阵胆怯，就此罢手，这可不行。大家都会笑话我，我整个一生，在东方的每一个白人的一生，都是长期奋斗的一生，是绝不能给人笑话的。

但是我又不愿意射杀那头大象。我瞧着它卷起一束草在膝头甩着，神情专注，像一个安详的老祖母。我觉得朝它开枪无异于谋杀。按我当时的年龄，杀死个把兽类我是没有什么顾忌或不安的，但是我从来没有开枪打过大象，我也不想这么做。（杀死巨兽总是使人觉得更不应该一些。）何况，还有象主人得考虑。这头活象至少值一百镑，死了，只有象牙值钱，可能卖五镑。不过我得马上行动。我转身向几个原来已在那里的看起来颇有经验的缅甸人，问他们那头象老实不老实。他们说的都一样：如果你让

> **名师释疑**
>
> 傀儡（kuǐ lěi）：原指木偶，如傀儡戏。后比喻不能自主、受人操纵的人或组织。

> **名师指津**
>
> 作者对帝国主义的统治者进行了无情的批判，形象地将他们称为"暴君"。"白人老爷"是对帝国主义统治者的讽刺性的称谓，作者痛恨他们的虚伪、残忍。

163

它去，它不理你；如果你走得太近，它就向你冲来。

我该怎么办，看来很清楚。我应该走近一些，大约二十五码左右，去试试它的脾性，要是它冲过来，我就开枪；要是它不理我，那就让它去，等驯象人回来再说。但是我也知道，这事我恐怕办不到。我的枪法不好，田里的泥又湿又软，走一步就陷一脚。要是大象冲过来而我又没有射中，我的命运就像推土机下的一只蛤蟆。不过即使在这时候，我想的也并不完全是自己的性命，还有身后那些看热闹的黄脸。因为在那时候，有这么多人瞧着我，我不能像只有我自己一个那样害怕。在"土著"面前，白人不能害怕；因此，一般来说，他是不会害怕的。我心中唯一的想法是，要是出了差错，那两千个缅人就会看到我被大象追逐、逮住、踩成肉酱，就像山上那个龇牙咧嘴的印度人尸体一样。要是发生这样的事情，他们中间有些人很可能会笑话我。我不能让他们笑话我。只有一个办法。我把子弹上了膛，趴在地上好瞄准。

人群十分寂静，许许多多人的喉咙里叹出了一口低沉、高兴的气，好像看戏的观众看到帷幕终于拉开时一样，终于等到有好戏可瞧了。那支漂亮的德国步枪上有十字瞄准线。我当时根本不知道，要射杀一头象得瞄准双耳的耳孔之间的一条假想线，开枪把它切断。因此，如今这头象侧着身子对我，我就应该瞄准直射它的一只耳孔就行了；实际上，我把枪头瞄准在耳孔前面的几英寸处，以为象脑在这前面。

我扣扳机时，没有听到枪声，也没有感到后坐力——开枪中你总是不会感到的——但是我听到了群众顿时爆发出高兴的欢叫声。就在这个当儿——真是太快了，你会觉得子弹怎么会这么快就飞到了那里——那头象一下子变了样，神秘而又可怕地变了样。它没有动，也没有倒下，但是它的身上的每一根线条都变了。它

名师指津

"我"此刻正处于进退两难的境地，内心也是非常矛盾。面对土著不能表现出内心正常的恐惧反应；不愿意射杀大象，但是碍于压力又不得不去做这样的射杀举动。

名师释疑

龇牙咧嘴：形容凶狠或疼痛难忍的样子。

(十三) 英 国

一下子变老了，全身萎缩，好像那颗子弹的可怕威力没有把它打得躺下，却使它僵死在那里。经过很长时间，我估计大约有五秒钟，它终于四腿发软跪了下来。它的嘴巴淌口水，全身出现了老态龙钟的样子。你觉得它仿佛已有好几千岁了。我朝原来的地方又开了一枪。它中了第二枪后还不肯瘫倒，虽然很迟缓，它还是努力要站起来，勉强地站着，四腿发软，脑袋耷拉。我开了第三枪，这一枪终于结果了它。你可以看到这一枪的痛苦使它全身一震，把它四条腿剩下的一点点力气都打掉了。但它在倒下的时候还好像要站起来，因为它两条后腿瘫在它身下时，它仿佛像一块巨石倒下时一样，上身却抬了起来，长鼻冲天，像棵大树。它长吼一声，这是它第一声吼叫，也是仅有的一声吼叫，最后它肚子朝着我这一边倒了下来，地面一震，甚至在我趴着的地方也感觉得到。

我站了起来。那些缅甸人早已抢在前面跑到田里去了。显然那头象再也站不起来了，但它还没有死，它还在有节奏地喘着气，喉咙呼噜呼噜地出声，它的半边身子痛苦地一起一伏。它的嘴巴张得大大的，我可以一直看到粉红色喉咙的深处。我等它死去，等了很久，但它的呼吸并不减弱。最后我把剩下的两颗子弹射到我估计是它心脏的位置。浓血喷涌而出，好像红色的天鹅绒一般，可是它还不肯死。它中枪时身子并不震动，痛苦的喘息仍继续不断。它在慢慢地、极其痛苦地死去，但是它已到了一个远离我的世界，子弹已经不能再伤害它了。我觉得我应该结束那讨厌的喘息声。看着那头巨兽躺在那里，没法动弹，又没法死掉，又不能把它马上结果掉，很不是滋味。我又派人去把我的小口径步枪取来，朝它的心脏和喉咙里开了一枪又一枪。但似乎一点影响也没有。痛苦的喘息声继续不断，就像钟声嘀嗒一样。

我终于再也无法忍受了，就离开了那里。后来听说它过了半

名师释疑

老态龙钟：形容年老体衰，行动不灵便。龙钟，行动不灵便的样子。

名师指津

作者将老象的身体比喻成巨石，将老象的长鼻比喻成大树，生动地写出老象被枪射中后轰然倒下的凄惨情状，语言细腻而具有表现力。

名师指津

面对这一头无辜的大象，面对它临死前的痛苦，面对缅甸人的无动于衷，"我"内心的良知被唤醒，用致它痛苦的人类武器来试图结束它的痛苦。

165

个小时才死掉。缅甸人还没有等我走开就提着桶和篮子来了,据说到了下午他们已把它剥得只剩骨骼了。

后来,关于射杀那头象的事,当然议论不断。象主人很生气,但他是个印度人,一点也没有办法,何况,从法律的观点来说,我做的并不错,因为如果主人无法控制的话,发狂的象是必须打死的,就像疯狗一样。至于在欧洲人中间,意见就不一了。年纪大的人说我做得对。年纪轻的人说为了踩死一个苦力而开枪打死一头象太不像话了,因为象比科林吉苦力值钱。我事后心中暗喜,那个苦力死得好,使我可以名正言顺地射死那头象,在法律上处于正确地位。我常常在想,别人知不知道我射死那头象只是为了不想在大家面前显得像个傻瓜而已。

(董乐山 译)

林 鸟

〔英〕威廉·亨利·赫德逊

威廉·亨利·赫德逊(1841—1922),英国散文家。出生于阿根廷布宜诺斯艾利斯附近的农庄,父母是美国人。1869年赴英国,次年入英国籍。赫德逊被认为是英国文学史上描写自然风光的大家。主要作品有《紫色的土地》《绿屋》《牧羊人的生涯》《汉普郡杂记》《远方与昔日》等。

相当一段时间以来,我一直在攀登一座低矮宽阔的平顶小山。当我拨开灌丛,又出现在空地时,我已经上了一片平坦高地,一片四望空旷,到处石楠与零星荆豆杂生的地方,其间也有几

(十三) 英 国

处稠密的冷杉桦木之类。在我面前以及高地的两侧,<u>弥望</u>尽是一带广野。那地亩田垄时有中断,唯独那惊人的青葱翠绿则迄无中断,这点显然与新近降雨丰沛有关。依我看来,南德文郡里的绿色实在未免过多,另外那色调的柔和与亮度也到处过趋单一。在眼睛饱餍这种景色之后,山顶上那些棕褐刺目的稀疏草木反而有爽心怡目之感。这块石楠地宛如一片绿洲与趋避之地;我在那里漫步许久,一直弄得腿脚淋湿;然后我又坐下来等脚晒干,就这样我在这里愉快地度过了几个小时,高兴的是这里再没有人前来打搅。不过鸟类友伴并不缺乏。路边丛林间一只雄雉的鸣叫似乎在警告我说我已闯入了禁猎地带。或许这里的禁猎并不严格,因为我便看到我所熟识的食腐肉乌鸦出来为它的幼雏觅食。它在树上稍停了停,接着掠我而过,便不见了。在这目前季节,亦即在初夏时期,当飞起时,它是很容易同它的近亲白嘴鸦分别清楚的。前者在出来巡猎时,它在空中的滑翔流畅而迅速,并不断地改变着方向,时而贴近地面,继而又升腾得很高,但一般保持着约与树齐的高度。它的滑翔与转弯动作略与鲱鱼鸥相似,只是滑翔时翅膀挺得直直,那长长的翎翮端呈现一稍稍上翘的曲线,但最主要的区别还在飞行时的头部姿势。至于白嘴鸦,则像苍鹭与鹤那样,总是把它的利喙笔直地伸向前面。它飞时方向明确,毫不犹豫;它简直可说是跟着它自己的鼻子尖跑,既不左顾,也不右盼。而那寻觅肉食的乌鸦则不停地转动着它的头部,好像只海鸥或猎兔狗那样,忽而这边,忽而那边,仿佛在对地面进行彻底搜查,或集中其视力于某个模糊难辨的事物。

这里不仅有乌鸦:我从羊齿丛中走出时,一只喜鹊正在吱喳叫着,只是拒不露面。过了一会儿,一只桂鸟又对着我啼叫

◀ 名师释疑 ◀

弥望:充满视野。

名师指津

开阔的视野使人心旷神怡,满眼的青葱翠绿使人赏心悦目。在这样空气清新、静谧舒适的环境中独处,作者的心情自然而然地感到轻松、愉悦。

名师指津

作者通过对比的手法对白嘴鸦、乌鸦飞行时的姿态进行了较为细致的描写,展现了这两种鸟飞行时的不同特点。

167

起来，那叫法在鸟中实在够得上十分独特。对于这聒噪不已的警告与咒骂里所流露的一腔愤激，对于这位受惊的孤客在骇睹其他生物侵入其林中净地时胸中盛怒的这种猝然勃发，我有时倒也能深表同情。

这个地方的小鸟实在不少，仿佛此地的荒芜和贫瘠对它们也有着某种吸引力量。各类山雀、各类鸣禽、云雀以及鸴鸟正在飞来跑去，到处遨游，并各自吐哢着不同的佳音，这些时而来自树端，时而来自地上，时而逼近，时而遥远，但是随着放歌者的或远或近，鸣声上下，也给那声音带来不同的特质，因而所产生的效果真是千声万籁，蔚然大观。只有峋鸭总是停留在一个地方或保持着一种姿势，另外每次开口歌唱时，也总是重复着一个调子不变。尽管如此，这种鸟的鸣叫也并不如人们所说的那般单调。

不久之后，我有了更有趣的鸟来听了——红尾。一只雌的飞下地面，离我不到十五码远；它的伴侣追随其后，接着落在一个枯枝上面，而就这样一个胆怯易惊、生性好动的小东西说，它停留的时间可不算短。它周身羽毛丰满，动不动地待在熠熠的阳光之下，非常惹人注目，可说是英国禽羽族中心情最欢快，样子也最带异国色彩的了。过了一晌，它离开这里，飞向附近一棵树上，于是啭喉歌唱起来；这之后，一连半个小时，我始终凝神倾听着它那每过一阵便重复一番的短促曲调——这是一种从来没有为人很好描写过的特别歌唱。"多练使艺术完美"这句格言是不适用于鸟类的歌唱艺术的；因为即以红尾来说，虽然出身于十分有名的音乐家族，而且歌喉的天赋也极不错，却并不曾因为多练而臻于完美境地。它的歌声之所以有趣不仅因为它的性质特别，也还因为它的出奇糟糕。一位著名的鸟类

名师释疑

鸴（xué）：一种小型鸣禽。

哢（lòng）：鸟鸣。

蔚然大观：形容事物丰富多彩，形成盛大壮观的景象。

(十三)英 国

<u>学家曾经说过，鸟类一般靠两种办法来讨人喜欢，一靠歌喉，二靠羽毛；多数鸟类都是非此即彼，不出这两种途径；另外，长于歌而短于色的族类一旦变得羽毛美艳之后，势必要引起其歌艺的堕落</u>。他这里即是指的红尾而言。但可惜的是，出乎这条规律的例外实在未免太多。例如，即以我们英国岛上的一个鸟族——莺类来说，那些羽毛平常的往往也音调不佳，而那些羽毛最艳丽的又偏偏都是歌唱妙手——例如金翅雀、鹨鸟、金雀、红雀，等等。但是要人长时间地去听一只红尾，哪怕再多的红尾，而不产生厌烦，却是不可能的，因为它那曲调最多也不过是一阕歌曲的几声前奏——那里面所预示的东西根本未能表达出来；也许在遥远的古代时候它曾一度是个幽美繁富、极具变化的歌唱好手，但如今所残留下来的只不过是当年妙曲的一些零星片段而已。它一开始时滴沥溜转的几个音符往往是极动听的，人们的注意力登时被它吸了去。这包括两种声音，但都很美——即那纯净浏亮有如泉涌的知更雀式的音调，以及更加柔美和富于表情的燕子式的音调。但是一切也即此为止，那歌还没怎么唱出来便已结束，或者"垮去"，因为多数情形是，这个纯净优美的开始曲不久便被继之而来的一连串稀奇古怪的咕咕唧唧以及破碎不成片段的杂七杂八的混乱声音所弄坏，而且声响又极微弱，数码之外，便听不见。另外，奇怪的是，这些细碎音调最后不仅在这种鸟的不同成员身上很不一致，而且在力度、性质与频率上也很不一致。有的不过单纯一声微弱的鸣啸而已，有的则连续发至六七声甚至十来声清晰音响。但整个来说，这些声音的吐放总给人以显然吃力之感，仿佛这种鸟只是在鼓其<u>如簧之舌</u>硬唱下去。

（高健 译）

名师指津

作者援引鸟类学家的论断，对鸟类讨人喜欢的途径进行了简单的分类，并对此进行了深入浅出的简要分析，这样更有助于读者了解鸟类的特点。

❀ 名师释疑 ❀

堕落：（思想、行为）往坏里变；沦落；流落。

如簧之舌：舌头灵巧，像簧片一样能发出动听的乐音。形容花言巧语美妙动听。

勒奇山谷之行

〔英〕卡内蒂

卡内蒂（1905—1994），生于保加利亚北部鲁斯丘克。8岁丧父，随母迁至维也纳，先后在苏黎世、法兰克福等地求学，大学毕业获哲学博士学位。由于从小酷爱艺术，卡内蒂潜心研究文学、历史，并开始写作。1938年，德国法西斯侵占奥地利，卡内蒂流亡法国，辗转至英国，定居伦敦并加入英国国籍。但他一直用德语写作。发表20部著作，散文最多。其中最有影响力的是政论《群众与权力》（1960），戏剧《虚荣的喜剧》（1950）、《婚礼》（1980），杂记《人的省分》，自传《获救之舌》（1977），长篇小说《迷惘》。1981年获得卡夫卡奖，同年，以"作品具有宽广的视野、丰富的思想和艺术力量"获得诺贝尔文学奖。

1920年夏天，母亲带着我们兄弟三人又回到了康德斯特克。当时我经常看地图，所有的希望都集中在勒奇山谷，那里是最有趣的地方，有许多值得一看的东西，而且也很容易去：乘火车穿越世界第三长隧道——勒奇山隧道，从隧道那头的第一个车站格彭施坦因徒步穿过勒奇山谷，走到最后一个小镇普拉滕。我怀着极大的热情去完成这一计划。我结交了一批同行的伙伴，并且坚持让两个弟弟这一次留在家里。母亲说："你已经知道自己该干什么了。"我毫无顾忌地把两个弟弟排除在外，并没有使她感到惊讶，相反，她对此感到很满意。她一直担心我一味埋头读书会变成一个优柔寡断、没有男子汉气概的人。她在理论上赞成体谅

名师指津
母亲的一句话是对"我"已经成长为有自主意识，并为了达到目标懂得取舍的最好评价。她担心"我"因为读书而缺乏男子汉气概，没有决断力，而"我"将两个弟弟排除在外的决定使她不再有这样的忧虑。

名师释疑
优柔寡断：指做事犹豫，缺乏决断。寡，少。

（十三）英 国

弱小，但在实践上则失去了自制力，尤其是当她认为某人妨碍达到一个目标的时候。她支持我的意见，为两个弟弟安排了其他的活动。出发的日子已经确定了，我们将乘早上的头班火车穿越勒奇山隧道。

格彭施坦因比我想象中的还要贫瘠荒凉，我们沿着那条与外界保持联系的唯一的羊肠小道朝勒奇山谷攀登。我得知，这条小道在不久以前还要更加狭窄，只有为数不多的动物在这里出没。不到一百年以前，这一地区还有狗熊，可惜现在已经见不到了。当我还在缅怀早已销声匿迹的狗熊时，山谷突然展现在眼前，只见它在阳光下闪闪发光，明亮耀眼，一直向上延伸，爬上了白雪皑皑的山峰，最后消失在一片冰川之中。在不长的时间里就可以到达山谷的尽头，但是小道却蜿蜒迂回，从费尔登到普拉滕要经过四个小镇。一切都是古色古香的，无一雷同。女人们头上都戴着黑色的草帽，不仅仅是成年妇女，还包括小姑娘，甚至就连三四岁的小女孩也戴着这种富于节日气氛的帽子，好像她们自打出世就意识到了她们的山谷的特点，而且必须向我们这些闯入者证明，她们并不属于我们之列。她们紧跟着一些上了年纪的妇女，这些脸上皮肤干枯、布满皱纹的老人始终伴随着她们。这里的人说的第一句话，在我听来就像是几千年以前的。一个胆大的小男孩朝我们走近了几步，一个老年妇女招呼他到她那儿去，要他避开我们。她说的那两句话很好听，我简直不敢相信自己的耳朵："过来，Buobilu！"这是什么样的元音啊！对小男孩这几个字，我常听到的说法"Buebli"，可是她却说"Buobilu"，一个u，o和i三个元音的组合。我突然想起一些在学校读过的古高地德语诗歌。我知道瑞士德语方言接近中古高地德语，但是有些词汇听上去像古高地德话，我还从未想到过。我自认为这是我的

名师释疑

销声匿迹：形容隐藏起来不出声不露面。销，同"消"，减少，消除。匿，隐藏。迹，踪迹。

名师指津

小男孩受好奇心的驱使走近"我们"，老年妇女因为招呼小男孩回去而说出了令我赞叹的元音，听到这样的语言使"我"非常惊喜，简直不敢相信自己的耳朵，表明了作者对古老的语言、古老的文化是非常认可和赞美的。

一个发现。因为这是我所听到的唯一的一个单词，所以它在我的记忆中更加牢固。这里的人沉默寡言，似乎都在回避我们。在我们整个漫游过程中从未与人有过交谈。我们看见古老的木头房屋、全身黑衣的妇女、屋前的盆花、牧场草地。我竖起耳朵倾听远处的说话，所有的人都沉默不语，也许仅仅是巧合。然而，"过来，Buobilu！"作为山谷的唯一的一句话留在了我的耳朵里。

我们结伴同行的这伙人来源混杂，有英国人、荷兰人、法国人、德国人，可以听见各种语言的说笑叫喊，就连英国人也显得爱说话起来了，面对沉默的山谷，大家都感到震惊，表示赞叹。我为这些住在同一旅馆里的<u>自命不凡</u>的客人并不感到羞愧。然而，经常我总是对他们说些尖酸刻薄的话。这儿，一切都相互适应，生活趋于统一，寂静、悠闲、适度冲掉了他们的高傲自大，他们对这些自叹弗如、不可捉摸的东西做出的反应是惊奇和羡慕。我们穿过四个村庄，我们像是来自另外一个星球，没有任何与这里的居民接触的可能，这里的人也得不到任何一点儿关于我们的信息，我们甚至看不到一丝好奇。在这次漫游中发生的一切，仅仅就是一个老年妇女把一个尚未走到我们跟前的小男孩从我们身边叫走。

我再也没有去过那个山谷，在半个世纪里，特别是在60年代以后，那里一定发生了很大的变化。我要避免触及自己心中对它保留的印象。我要感谢的恰恰是它的陌生带来的一个后果：对古代生活方式的熟悉感。我说不出当时在那个山谷生活着多少人口，也许500人吧。我只是看见单个的人，很少看见超过三个人聚在一起。他们生活很艰苦，这是显而易见的。我没有想过，他们中间是否有人在外面干活挣钱，但我觉得，哪

名师释疑

自命不凡：自以为不平凡，比别人高明。

(十三) 英　国

怕是仅仅离开这个山谷很短一段时间,对他们也是绝对不可能的。要是我能更多地了解他们,这种印象恐怕就会消失,他们也会成为我们这个时代的人,就像我在世界各地见过的人一样。幸运的是,这些体验的力量来自于他们的独一无二和孤立隔绝。后来,每当我读到关于部落和民族的书籍,心里总会产生对勒奇山谷的回忆。我还想读到这样奇特的事情,我认为这是可能的,并且接受了下来。

(蔡鸿君　译)

名师赏析

英国散文作品当中表现出来的闲适愉悦的幽默,是一种带着甜味的笑,是发自内心的笑谈人生的一种态度,是一种不落俗套的轻松的笑,这样的例子在英国散文的作品中是随处可见的。

学习借鉴

好词

炯炯有神　艰苦卓绝　惨不忍睹　老态龙钟

好句

* 我俯身草上,暖着面颊,一边因为那新的恐怖而寻找安慰。
* 我能在这温暖阳光的覆盖之下安然睡去,而不会醒后又是过去的那种怏怏欲绝。

* 白昼与夜晚的美好，云雀的欢歌，香花与芳草，健美的欢畅，空气的新鲜，星辰的庄严，阳光的和煦，还有那轻歌与曼舞，淳朴的友情，这一切都是人们渴求不厌的。

* 这时张目四望，不管你看看眼前的蜗牛甲壳——雕镂刻画得那般精致，恍如童话里小精灵头上的细角，而且角端做蔷薇色，还是俯瞰从此处至海上的一带平芜，它浮游于午后阳光的微笑之下，几乎活了起来。

思考与练习

勒奇山谷之行中作者遇到了什么？

（十四）波　兰

名师导读

波兰散文素有"美文"之称，它除了有精辟的见解、优美的意境外，还有清新隽永、质朴无华的文采。经常读一些好的散文，不仅可以丰富知识、开阔眼界，培养高尚的思想情操，还可以从中学习选材立意、谋篇布局和遣词造句的技巧，提高自己的语言表达能力。

草　莓

〔波兰〕伊瓦什凯维奇

伊瓦什凯维奇（1894—1980），波兰诗人、小说家、剧作家。出身于乌克兰农村一个爱国家庭。1919年发表第一部诗集，同时在华沙和杜维姆、斯沃尼姆斯基等组织"斯卡曼德尔"诗社。1927至1932年在外交部门工作，曾游历意大利、法国、西班牙等国。这期间发表的诗集《白天的书和黑夜的书》（1929）、《回到欧洲》（1931）、《1932年的夏天》（1933）等记述了诗人游历国外的各种感受，同时表达了作者的艺术观。其代表作有长篇历史小说《红色的盾牌》

（1934），剧本《诺汉特之夏》（1936）、《假面舞会》（1939）。他战前的作品常表现出孤独感，以普通人的遭遇来反映时代的面貌，有时流露出悲观主义情调。

时值九月，但夏意正浓。天气反常地暖和，树上也见不到一片黄叶。葱茏茂密的枝柯之间，也许个别地方略见疏落，也许这儿或那儿有一片叶子颜色稍淡；但它并不起眼，不去仔细寻找便难以发现。

天空像蓝宝石一样晶莹璀璨，挺拔的槲树生意盎然，充满了对未来的信念。农村到处是欢歌笑语。秋收已顺利结束，挖土豆的季节正碰上艳阳天。地里新翻的玫瑰红土块，有如一堆堆深色的珠子，又如野果一般的娇艳。我们许多人一起去散步，兴味酣然。自从我们五月来到乡下以来，基本一切上都没有变，依然是那样碧绿的树，湛蓝的天，欢快的心田。

我们漫步田野。在林间草地上我意外地发现了一颗晚熟的硕大草莓。我把它含在嘴里，它是那样的香，那样的甜，真是一种稀世的佳品！它那沁人心脾的气味，在我的嘴角唇边久久地不曾消逝。这香甜把我的思绪引向了六月，那是草莓最盛的时光。

此刻我才察觉到早已不是六月。每一月，每一周，甚至每一天都有它自己独特的色调。我以为一切都没有变，其实只不过是一种幻觉！草莓的香味形象地使我想起，几个月前跟眼下是多么不一般。那时，树木是另一种模样，我们的欢笑是另一番滋味，太阳和天空也不同于今天。就连空气也不一样，因为那时送来的是六月的芬芳。而今已是九月，这一点无论如何也不能隐瞒。树

(十四) 波 兰

木是绿的，但只需吹第一阵寒风，顷刻之间就会枯黄；天空是蔚蓝的，但不久就会变得灰惨惨；鸟儿尚没有飞走，只不过是由于天气异常地温暖。空气中已弥漫着一股秋的气息，这是翻耕了的土地、马铃薯和向日葵散发出的芳香。还有一会儿，还有一天，也许两天……

我们常以为自己还是妙龄十八的青年，还像那时一样戴着桃色眼镜观察世界，还有着同那时一样的爱好、一样的思想、一样的情感。一切都没有发生任何的突变。简而言之，一切都如花似锦，韶华灿烂。大凡已成为我们的禀赋的东西都经得起各种变化和时间的考验。

但是，只需去重读一下青年时代的书信，我们就会相信，这种想法是何其荒诞。从信的字里行间飘散出的青春时代呼吸的空气，与今天我们呼吸的已大不一般。直到那时我们才察觉我们度过的每一天时光，都赋予了我们不同的色彩和形态。每日朝霞变幻，越来越深刻地改变着我们的心性和容颜；似水流年，彻底再造了我们的思想和情感。有所剥夺，也有所增添。当然，今天我们还很年轻——但只不过是"还很年轻"！还有许多的事情在前面等着我们去办。激动不安、若明若暗的青春岁月之后，到来的是成年期成熟的思虑，是从容不迫的有节奏的生活，是日益丰富的经验，是一座内心的信仰和理性的大厦的落成。

然而，六月的气息已经一去不返了。它虽然曾经使我们惴惴不安，却浸透了一种不可取代的香味，真正的六月草莓的那种妙龄十八的馨香。

(韩逸 译)

名师指津

作者融情入景、因物悟理，由一颗六月的晚熟草莓触发了对似水流年、青春不再的慨叹，更触发了他对人生的深刻感悟——生命在时光流转中不断成熟丰富，应珍惜过往，正视未来。

名师释疑

惴惴不安：形容因害怕或担心而不安。惴，忧愁、恐惧。

177

名师赏析

波兰散文对于各种文体、各种语气都能够兼容并包，具有融合无间的高度适应能力。文体和语气愈变化多姿，散文的弹性当然愈大；弹性愈大，则发展的可能性愈大。波兰散文以现代人的口语为节奏的基础，句法活泼。

学习借鉴

好词

生意盎然　欢歌笑语　沁人心脾　从容不迫　惴惴不安

好句

* 天空像蓝宝石一样晶莹璀璨，挺拔的榆树生意盎然，充满了对未来的信念。

* 地里新翻的玫瑰红土块，有如一堆堆深色的珠子，又如野果一般的娇艳。我们许多人一起去散步，兴味酣然。

* 树木是绿的，但只需吹第一阵寒风，顷刻之间就会枯黄；天空是蔚蓝的，但不久就会变得灰惨惨；鸟儿尚没有飞走，只不过是由于天气异常地温暖。

思考与练习

1.《草莓》表达了作者怎样的思想感情？
2.《草莓》这篇散文具有什么特点？